KB193957

세상에 없던,
꼭 필요한 결혼 준비

The Mindful Wedding

세상에 없던,
꼭 필요한 결혼 준비

조유나 지음

차례

1장
나, 결혼할 수 있을까

2장
결혼 준비의 롤러코스터

Q&A

3장
신랑 신부 입장!

Q&A

4장
그다음 날이 밝았습니다

프롤로그

결혼식 준비 말고 진짜 결혼 준비

"결혼 준비하느라 정신 없지?"

결혼식 날이 다가오자 만나는 지인마다 같은 질문을 했다. 온종일 결혼 준비를 하는 것은 아니니 정신을 쏙 빼놓을 만큼 바쁘지는 않았다. 그런데 다들 같은 말로 염려하는 걸 보아 내가 무언가 놓치고 있는 건 아닌가, 잠시 골똘한 표정을 짓곤 했다.

인터넷 창에 '결혼 준비'를 검색하면 예식장, 드레스

숍, 스냅 사진 등 갖가지 정보가 흘러넘친다. 뭐가 이리도 많을까 싶다. 예식장은 일 년 전부터 예약해 둬야 하고, 원하는 드레스 스타일을 찾기 위해 평균 세 곳 정도의 숍을 방문해야 한다. 스냅 사진은 야외 스냅, 스튜디오 스냅 등이 있는데 작가에 따라 분위기가 천차만별인지라 내가 원하는 사진을 찍어 줄 만한 곳인지 꼼꼼히 따져 봐야 한다. 업체를 고르고 후기를 남기면 할인 혜택을 받을 수도 있다. 여유롭다고 생각했는데, 다들 어찌나 부지런한지 예식 날짜가 우리보다 한참 뒤인 신랑, 신부도 준비가 한창이었다. 갑자기 마음이 분주해졌다. 인생에 한 번뿐인 결혼식이니 꼼꼼하게 비교하고 남들만큼은 준비하는 것이 맞겠지?

예식 준비로 마음이 바빠지는 것과 동시에, 머릿속에 무엇인가가 불쑥불쑥 나타났다.

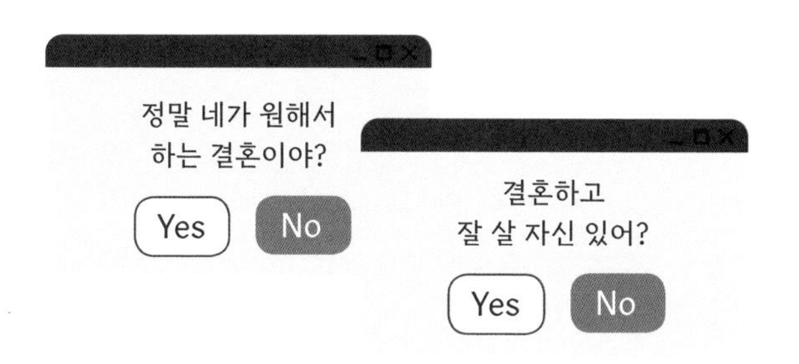

꼭 인터넷 팝업창 같았다. 습관처럼 ✖ 표시를 누를수록 다시 팝! 하고 떠오르는 게, 곧 머릿속을 가득 메울 것 같았다. 이런 것까지 생각할 여유가 없는데…….

각양각색 복잡한 생각으로 칭얼거리고 싶은 순간, 감정의 고삐를 잘 잡아야 했다. 어떤 삶이 펼쳐질지 모르는 지금, 마음 깊은 곳에 있는 이 불안감을 가만히 들여다보고 싶었다. 예식장, 드레스, 스냅 사진……. 이런 것은 결혼식 행사를 위한 준비일 뿐이었다. 나는 행사 너머의 '삶'에 대해 고민하기 시작했다. 남들이 말하는 체크리스트를 지워 나가며 나를 부추기기보다 '너는 지금 어떤 마음이니? 무슨 생각을 하고 있니?'라고 나에게 차분히 질문할 시간이 필요했다.

결혼식 100일 전부터 본식을 마친 저녁까지, 매일 글을 썼다. 걱정하는 마음이든 설레는 마음이든 일단 적어갔다. 최대한 생생하게 기록하며 지금의 나와 솔직하게 마주했다. 도서관에 가서는 결혼 생활, 부부 관계 등에 관한 책을 찾아 읽었다. 나만의 웨딩 플래너 혹은 사부님을 찾자는 생각에서였다. 읽고 쓰기를 이어 가며 시끄럽던 머릿속이 점차 잔잔해졌다. 파도처럼 넘실거리던 감정 기복 대신 구름 같은 기대감이 마음에 둥둥 떠다녔다. 결혼식 당일 새벽에는 다이어리에 이 한 문장이 남았다.

진짜 멋진 세계로 가는 것, 답은 내가 만들어 가는 것.

결혼 준비라는 관문을 통과하며 나는 많은 걸 얻었다. 결혼 전, 스스로를 조금이라도 헤아리고자 글로 나에게 대화를 걸어 보던 순간이 남았다. 결혼이 무엇인지 힌트를 얻고 싶어 책을 기웃거리던 모습도 함께 말이다. 보통 결혼식이 제일 중요한 듯 그날을 위해 달려가지만, 나에게는 결혼 전 이 순간들이 결혼식 못지않게 귀하고 값졌다.

"결혼 준비 딱 이렇게만 하세요. 행복한 결혼, 정답은 이것입니다."

아쉽게도 이 책에는 이와 같은 이야기는 담겨 있지 않다. 그보다는 이렇다.

“몸만 자랐지. 결혼하고 나면 부모님과 떨어질 생각에 눈물부터 나요.”

“남들 다 하는 걸 저만 빠뜨릴까 봐 조바심이 들더라니까요.”

“시댁 등 새롭게 확장되는 가족 관계에 대한 걱정이 앞서요.”

이 책은 결혼에 대해 전전긍긍하던 나의 이야기다. 거기에 더해 완벽한 결혼 준비 A to Z보다는, 동생이 결혼할 때 곁에 있어 주고 싶은 언니의 마음을 담았다. ‘괜찮아, 나도 그땐 정말 많이 방황했어. 다 그런 것 아닐까?’라고 토닥여 주고픈 마음 말이다. 결혼 전 나는 어떤 마음이었는지, 무엇을 걱정했는지, 사람들과 무슨 이야기를 나누었는지 등 벌써 머릿속에서 빠르게 증발하고 있는 이야기들을 이 책에 매듭으로 꼬옥 묶어 두었다.

각각의 이야기 끝에는 결혼에 대한 생각을 독자와 함께 나눌 수 있는 질문을 남겼다. 결혼을 준비하는 시기의 기록은 자신만의 반짝이는 이야기로 남을 것이기에, 이 책을 읽는 독자가 연필로 끄적이는 시간을 꼭 가졌으면 좋겠다. 이것이야말로 유일무이한 기록 혼수 장만이 되지 않을까.

때로 책을 읽고 때로 블로그에 글을 쓰며 나만의 결혼 준비를 했다. 돌이켜보면 안갯속처럼 흐릿하게 느껴지던 결혼 준비 여정에 혼자인 적은 없었다.

아내의 글쓰기를 온 마음으로 응원해 준 남편 성현, 결혼 30년 차임에도 나의 글을 읽으며 다시 한번 결혼에 대해 배우게 된다고 말씀해 주시는 부모님, 나와 남편의 사랑에 단단한 뿌리가 되어 주신 아버님과 어머님, 우리의 만남을 주선하시고 앞으로의 여정을 축복해 주신 숙모네 가족, '웨딩 메신저'라는 근사한 이름으로 날개를 달아 주신 자기경영노트 성장연구소의 김진수, 배정화 선생님, 글로 준비하는 결혼을 댓글로 힘껏 응원해 주신 분들까지.

"잘하고 있어! 그렇게 하면 돼!"라고 이들이 건넨 따뜻한 보듬음이 여전히 남아 있다. 그에 대한 진심 어린 감사의 마음을 책의 첫머리에서 전하고 싶다.

그리고 이제는 독자 여러분의 결혼에 대한 고민과 설렘을 따뜻하게 안아 주며 이들의 역할을 이어 가려고 한다. 언젠가 내 동생이나 친구들, 혹은 나처럼 결혼에 설레면서도 불안감을 느낄 누군가가 결혼을 준비할 때 손 뻗으면 닿을 수 있는 든든한 책으로 말이다.

우리는 사랑하기 때문에

결혼하는 게 아니라,

사랑을 배우기 위해 결혼한다.

_ 알랭 드 보통

1장

나, 결혼할 수 있을까

꼭 이런 사람과 결혼하세요

'결혼해야 할 사람 특징 세 가지'

'결혼 전 확인해야 할 것. 안 하면 후회합니다.'

유튜브에 결혼을 키워드로 검색하면 어떤 사람과 결혼해야 하는지 혹은 어떤 사람을 피해야 하는지에 대한 영상이 꼬리에 꼬리를 물고 나타난다. 그런데 성격, 재정 능력 등 영상마다 알려 주는 내용도 다 달라 몇 가지 요건으로 선택하기도 쉽지 않을 것 같다.

그중 유익한 강의를 제공하는 비영리 재단 TED의

'The person you really need to marry(당신이 꼭 결혼해야 할 사람)'라는 강연이 눈에 들어왔다. 조회 수도 많고 공신력 있는 채널에서 전하는 이야기는 과연 어떤 내용일지 궁금했다. 강연자는 세 번의 결혼과 두 번의 이혼을 경험한 사람이었다. 계속 잘못된 사람과 결혼하는 실수를 범했다면서, 꼭 결혼해야 할 사람은 어떤 사람인지를 알려 주었다. 결혼의 경험은 일생에 보통 한 번인데, 세 번이나 한 사람의 이야기라니. 귀가 쫑긋했다.

"Marry yourself.
You are going to marry yourself for richer or for poorer.
You are going to marry yourself for better or for worse.
You marry yourself in sickness and in health."

"자신을 만나 결혼하세요.
자신이 부유하든 가난하든
좋은 상황이든 나쁜 상황이든
병이 들었든 건강하든 자기 자신과 결혼하세요."

자신을 만나 결혼하라니, 도대체 무슨 말일까? 곰곰이 강연자의 말을 생각해 보다, 20대 때 연인에게 뻥 하고 차였던 아픈 기억이 떠올랐다. 눈물 콧물 마르지 않던 날들이었다. 친구들을 만날 때마다 내가 얼마나 슬픈지를 한참 동안 토로하던, 지금 생각하면 걷어찰 이불이 한 장으로는 모자란 시절이다. 이후 내 편에서 기꺼이 함께 열을 내어 준 고마운 친구들이 있었음에도 외로움과 불안 등 감당하기 어려운 감정이 종종 찾아왔다.

'이런 혼란스러운 상황에서는 어떻게 해야 하지?'

'누구와 이야기 나누어야 하나?'

'누가 나를 회복시켜 줄 수 있을까?'

마주하기 어려운 질문에 틈을 주지 않기 위해 삶을 바삐 살았다. 일을 찾아서 하고, 운동하고, 영어 공부도 했다. 책을 읽고, 주말에는 산에 올랐다. 상처와 대면하지 않으려 안간힘을 썼다. 돌이켜보면 '괜찮아. 그럴 수 있어'라고 다독여 주고픈 시간이었는데, 당시에는 그럴 수 없었다. 울며 겨자 먹기로 분주한 일상을 살수록, 그 틈새로 찾아오는 혼자만의 시간이 견딜 수 없이 불안했다.

고독 속 나를 마주하는 것은 피한다고 해결될 일이 아니었다. 나를 도와줄 사람을 찾아 미어캣처럼 주위를 둘러봐도, 결국에는 혼자 마땅히 슬픔을 겪어 내야 했다. 일기장을 펼쳤다.

입맛도 없고, 일도 재미없고, 눈물만 난다. 그런데 세상에 공짜는 없단다. 기쁨이 있던 만큼 그냥 괴로워하면서 좀 아파야 한단다. '원래 세상은 내 뜻대로 되지 않는구나' 하고 말이다.

힘든 나, 의욕 없는 나를 마주하며 솔직하게 글을 적었다. 삶 속 기쁨만 누리는 것이 아니라 슬픔, 방황, 불안과 마주하는 시간이 쌓여 갔다. 나의 감정을 알아차리고 흘려보내기를 계속했다. 그러고 나서야 점차 이별의 여운이 옅어져 갔다. 친구를 만나 공백의 불안감을 달래려 하지 않고도 괜찮은 시기가 비로소 찾아왔다. 혼자서 보내는 시간이 자연스러워졌다. 힘들었던 시기, 내가 붙들고 의지할 수 있는 사람은 멀리 있지 않았다. 가장 가까운 곳에 있는 나 자신이었다. 스스로를 돌보고 함께하는 법을 터득하며 이별을 품고 한층 성장할 수 있었다.

강연의 요지도 마찬가지다. 누구를 만나 결혼하는지는 만능 답안이 아니다. 가난하든, 병들든, 연인에게 차였든 어떠한 상황에서도 가장 가까이서 나를 어루만질 수 있는 '나 자신'을 만나는 것이 정답이다. 누군가와 함께할 때 완전한 삶을 기대하기보다, 내가 나로서 먼저 오롯할 방법을 궁리해야 한다. 『나의 결혼을 후회하지 않기로 했어』(김미선 저, 박영스토리)에서도 이렇게 말한다.

> 스스로 괜찮을 수 있을 때, 스스로 치유할 수 있을 때 건강한 사랑을 할 수 있다. 나의 상처를 누군가가 치유해 주기를, 나의 부족한 점을 누군가가 채워 주기를 기다리는 것은 가능할지 몰라도 온전히 100%를 채우긴 어려운 일이다.

"내 어떤 모습을 보고 결혼에 확신이 들었어?"

"난 유나의 모습을 보고 결혼에 확신을 얻은 것은 아니야."

남편에게 물어보니 남편 역시 우리 관계로 인해 긍정

적으로 변하는 '자신'의 모습을 보았다고 한다. 미래에 대해 책임감을 느끼기 시작한 '스스로'를 발견하고 결혼하기로 마음을 굳혔단다. 이 점에서 남편은 이미 현명했다. 상대방에게 답을 얻고자 하면 언젠가 결핍을 느낄 수밖에 없다. 반면에 내가 온전하면 상대를 어떻게 도울 수 있을지 고민한다. 그것이 단단한 관계의 출발점이다.

그래도 남편의 답이 너무 솔직했던 것이 아닌가 싶다.

"내 어떤 모습을 보고 결혼에 확신이 들었어?"

"음. 예쁘고, 똑똑하고, 부지런하고……. 어휴, 뭐 이유를 꼽자면 끝이 없다!"

이런 대화도 참 아름다운데 말이다. 남편의 현명함에 능청스러움이 한 스푼 더해지기를 기대해 본다.

'나 그때 참 힘들었다. 그런데 지나고 보니 이렇게 성장했네' 싶은 때는 언제인가요?

혼자만의 시간을 어떻게 보내나요? 어떨 때 혼자만의 시간을 잘 보냈다고 느끼나요?

나는 상대방의 무엇을 채워 줄 수 있을까요? 나만의 주요 장점은 무엇인가요?

사랑이냐 조건이냐

믿은 것이 바보더냐 속은 것이 바보더냐
마음 하나 믿고 살든 내 청춘이 야속하오
잘 살고 못 살고는 두고 봐야 알 일인데
황금 따라 사라지는 그 심사가 얄미워라

동쪽에서 뜨는 해가 서쪽에서 뜬다 해도
첫사랑을 차 버리고 네가 가면 무엇하오
구름에 잠긴 달도 비칠 날이 있으려니
돌고 도는 세상이라 사람 팔자 누가 아오

한 편의 시조 같은 이 글귀는 1963년에 발표된 「사랑이냐 돈이냐」라는 제목의 가곡이다. 아무래도 연인이 황금을 좇아 떠난 듯하다. 멜로디와 함께 노랫말을 유심히 들어 보면 더 애달프고 절절하다. 노랫말처럼 잘 살고 못 살고는 두고 봐야 알 일이고, 돌고 도는 세상 팔자인데 안타깝다. 오늘날 아침 드라마에도 위 노래와 비슷한 줄거리가 많다. 그러고 보면 '사랑이냐 조건이냐'는 옛날이나 오늘날이나 문제인 것 같다.

사랑이냐 조건이냐. 중요한 문제인 듯 묻지만, 이것만큼 애매한 질문도 없다. '사랑'의 기준과 척도는 모호하고, '조건'을 이야기하기엔 사람마다 중요시하는 것이 다 다르다. 게리 채프먼의 『다섯 가지 사랑의 언어』란 책을 보면 사랑이라고 느끼는 형태에는 크게 다섯 가지가 있다. 함께하는 시간, 인정하는 말, 선물, 스킨십, 봉사와 헌신이다. 그러니 노랫말 속 황금을 좇아 떠난 연인을 마냥 탓할 수는 없다. 아무리 함께하는 시간, 인정하는 말, 스킨십과 봉사가 충분했더라도 그 연인이 느끼는 사랑의 표현이 선물이었다면 늘 결핍을 느꼈을 것이다.

"언니, 이상형이 뭐야?"

"음, 성격 좋고 자기 할 일 열심히 하는 사람!"

"그게 다야?"

언젠가 후배와 이야기 나누다 '이상형 리스트'에 대해 들었는데 참 재미있었다. 후배 말에 따르면 이상형에 대해 구체적으로 적을수록 그런 사람을 만날 확률이 높아진다고 한다. 내가 말한 '성격 좋고 자기 일 열심히 하는 사람'은 두루뭉술한 이상형이다. 성격이 좋다는 것은 무엇인지, 일을 열심히 한다는 것은 어떻게 하는 것인지 자세히 적어야 한다. 예를 들면 나에게 '성격이 좋다'는 것은 이런 뜻이다.

나에게, 성격이 좋다란?

상대방을 배려할 줄 안다. 믿음직하다. 긍정적이다. 뒤끝 없다. 여유와 유머가 있다. 예의를 갖추어 행동한다. 자신만의 주관을 바탕으로 상황에 유연하게 대처하며 살아갈 수 있다. 허세와 꾸밈이 없고 자연스러운 것을 추구한다.

나는 일 분야 목표에 대해서는 내가 어떤 일을 하고 싶은지 구체적으로 적어 보곤 했다. 그러나 내가 만나고 싶은 사람에 대한 뚜렷한 이미지가 없었다. 생각해 보면 결혼은 평생 인연이 될 사람을 만나는 것인데 왜 그 생각을 못 했을까? 아마도 목표와 성취의 영역 밖이라고 여겼던 것 같다. 그러나 결혼이 일생일대의 일인 만큼, 이상형도 다른 목표처럼 생생하게 그려 보기로 했다.

나에게, 이상형이란?

운동하며 건강을 챙긴다. 일상을 여행하는 듯한 시선으로 감사하며 살아간다. 술과 담배를 하지 않는다. 미래에 그리는 꿈이 있다. 함께 백발의 노인이 되어도 즐겁고 유쾌한 모습이 그려진다. 외국에 나가서 머물 가능성이 있다. 웃는 모습이 예쁘다. 내 특징을 파악할 수 있는 섬세함이 있다. 다정하다. 자신의 감정과 생각을 잘 표현한다. 겉도는 대화가 아닌 솔직한 속이야기를 나눌 수 있다. 경제 관념이 잘 잡혀 있다. 알뜰살뜰하다…….

이상형에 대해 하나, 둘 그려 볼수록 이상형이 한 걸음 두 걸음 멀어지는 듯 보였다. 세상에 이런 사람이 진짜 존재할까? 존재한다 하더라도 그가 나를 좋아하긴 할까? 역시 사랑은 인간의 소관이 아니라 큐피드의 영역인가.

'내가 그런 사람이 되는 것이 빠르겠다.'

이상형을 찾아 헤매기보다, 내가 그 이상형에 가까워지는 것이 더 합리적이라는 생각이 들었다. 건강한 사람을 만나기를 바란다면, 내 삶을 먼저 튼튼하게 가꾸면 된다. 타인을 배려할 줄 아는 센스를 지닌 사람이 이상형이라면, 내가 다른 사람에게 세심하게 관심을 기울이는 연습을 하면 된다. 이상형을 찾는 것은 사막에서 바늘 찾기에 가깝지만, 이상형과 닮은 나를 가꾸어 가는 것은 바로 지금부터 할 수 있다. 또한 이상형을 찾지 못하더라도 최소한 멋진 내가 남을, 밑져야 본전인 장사이다.

미국 영화배우 제니퍼 루이스가 자신의 아침 루틴을 소개한 적이 있다. 양치하다 거울을 보고 지그시 자신을 응시한다. 그러다 "Pretty bitch!" 하며 아주 멋진 여자를 만나 경계한다는 투로 야무지게 외친다. 이처럼 거울을 보며 "아우, 이 멋진 계집애!"라고 스스로 감탄할 수 있다면, 꼭 이상형을 만나지 않더라도 괜찮을 것 같다. 그리고 설령 만나더라도, 자신 있게 사랑을 쟁취할 수 있을 것이다.

나 역시 이상형을 만나길 기다리기보다 스스로 그런 사람이 되기 위해 나를 가꾸는 과정에서 남편을 만났다. 비슷한 가치를 추구하며 살아가는 사람들이다 보니 아마 자연스럽게 만나게 된 게 아닐까? 이제는 꿈꾸는 방향으로 그와 함께 나아갈 수 있음이 즐겁다.

결국 '사랑이냐 조건이냐'라는 우문에, 자신만의 현답을 찾는 것이 중요하다. 나만의 사랑과 조건의 답을 찾고, 때로 그 답을 만들어 가는 여정을 즐겨 보자.

나만의 이상형 리스트를 적어 볼까요?

내 이상형에 포함되는 특성 중 포기할 수 있는 걸 지워 보세요. 남아 있는 것 중에서 가장 중요한 세 가지는 무엇인가요?

나와 상대방이 닮고 싶어 하는 롤 모델이 있나요? 각자의 롤 모델 사이에 공통점은 무엇인가요?

결혼, 굳이 해야 할까요?

제주도 광치기 해변에서 차를 타고 한라산 방향으로 십여 분 들어가면 벙커가 하나 나온다. 울창한 수풀에 둘러싸인 입구는 낡고 녹슬어서 마치 비밀스러운 전략 기지 같다. 오랜 시간 국가 통신 시설로 쓰였던 콘크리트 벽면은 이제 미디어 화면으로 채워져 있다. 이름 그대로 화면의 빛을 품고 있는 '빛의 벙커' 미술관이다. 무더운 여름, 열기를 식히고자 그곳을 찾았을 때는 러시아 태생의 프랑스 화가 샤갈의 작품이 전시 중이었다.

공간을 가득 메운 화면에는 샤갈의 그림 속 인물, 동

물, 집, 자연 등 모든 요소가 생명력을 부여받고 따로 또 같이 움직이고 있었다. 나는 액자 속 네모난 그림을 관람하던 주체가 아닌, 그림의 요소들에 둘러싸인 객체가 된 듯한 느낌에 압도되었다. 그중에서도 샤갈과 그의 아내가 등장하는 작품은 밝고 몽환적인 색감이 행복감을 자아냈다. 도슨트의 설명에 따르면, 실제로 샤갈은 그의 아내를 무척이나 아끼고 사랑했다고 한다. 그의 마음이 드러나는 작품을 감상하며 주변 사람들도 꿈꾸는 듯한 미소를 지었다.

샤갈의 사랑 이야기에는 모두가 한마음으로 흐뭇해하지만, 정작 '결혼'에 대해서는 사람마다 의견이 분분하다. 결혼 전도사를 자처하며 적극적으로 결혼을 추천하는 사람이 있는가 하면, 아주 은밀한 비밀을 전하듯 결혼하지 말라고 속삭이는 사람도 있다.

"결혼, 해야 할까요?"

끝없는 결혼 찬반 토론의 장에 신혼의 패기로 결혼해야 하는 이유를 조목조목 펼쳐야 할 것 같지만, 잘 모르겠다.

나 역시 결혼과 비혼 사이에서 열심히 계산하던 때가 있었으니까. 직장 생활을 하며 월급을 받으면 필라테스 수강권을 끊고, 퇴근 후 사람들을 만나 책을 읽고 이야기 나누는 여유가 좋았다. 좋아하는 샌드위치 가게에 들러 저녁 식사를 하고 자전거를 타다가 집으로 오는 시간이 에너지를 채워 주었다. 흔히 결혼하면 안정감이 생긴다고 하지만 이 생활보다 더 편안할 수 있을까? 오히려 큰 변수가 없는 비혼의 삶이 안정적이지 않을까? 저울로 따지자면 비혼 쪽에 무게추가 하나, 둘씩 올라갔다.

그런데 삶이 공평함을 유지하려고 하는지, 비혼으로 저울이 완전히 기울기 전에 다른 방향으로 시선을 돌릴 일이 생겼다. 평화로운 가족 휴가 때였다. 해안 도로에서 전기 스쿠터 체험을 하며 부모님이 앞서 가고, 나와 동생이 뒤따랐다. 풍경을 감상하며 스쿠터를 타던 그때, 순식간에 부모님의 스쿠터가 도로 끝자락에 닿았다. 황급히 뛰어갔지만, 도로 아래로 떨어지지 않도록 스쿠터를 지탱하려던 아빠의 다리가 이미 크게 다친 뒤였다.

아빠의 다리에서 피가 솟구치던 장면, 구급대원이 골절된 다리를 맞추는 장면, 구급차를 타고 병원에 도착한 장면, 선명한 엑스레이 사진, 곧 이은 수술, 처음 보는 아빠의 고통스러워하는 모습, 그 통증을 짐작조차 할 수 없던 순간들까지. 그해 여름과 가을이 아주 느린 속도로 지나갔다.

견고한 줄만 알았던 원가족의 불안정함을 처음 맞닥뜨려서였을까, 한동안 몸과 마음이 긴장 상태였다. 누군가에게 전화만 와도 가슴이 덜컹했다. 짧은 순간 혹시 내가 또 다른 사고를 마주하지는 않을지 걱정에 사로잡혔다. 아무 일도 생기지 않도록 모든 것을 제자리에 고정해 두고 싶다는 생각도 들었다. 나의 싱글 라이프가 언제까지나 변수 없이 즐거울 거라는 생각은 짧고 오만했다.

삶에 제자리라는 것이 원래 없다는 것을 깨달은 그때, 그럼에도 마치 제자리가 있는 듯 느끼게 해 준 것이 있었다. 가족이었다. 아빠가 병원에 입원해 있을 때 엄마와 나, 동생이 순번을 정해 간병했다. 같이 맛있는 간식도 먹고 도란도란 이야기를 나누었다. 당연하다고 느껴 온 가족과의 평범한 시간은 언제든 그 배경이 집이 될 수도, 병원이 될 수도 있는 가변적인 것이었다. 그럼에도 묵직하게 자리의 중심을 잡아 준 것은 우리가 꾸려 온 가족이라는 울타리였다.

아빠의 다리뿐 아니라, 나의 위태로운 마음도 가족의 품 안에서 조금씩 회복되어 갔다. 고통스러운 시간이었지만 가족은 그 안에서 다시 일어나 힘을 낼 수 있는 디딤돌이 되어 주었다. 삶이라는 자동차를 내가 원하는 속도로 요리조리 모는 것은 재미있다. 그러나 오래, 멀리 운전하기 위해서는 곁에 있는 사람의 존재가 중요하다는 생각을 많이 했다. 결혼으로 꾸리는 가족이라는 저울 쪽에 무거운 무게추가 하나 얹어지는 순간이었다.

그 후로 저울은 한동안 비혼과 결혼 사이를 왔다 갔다 하다가 결혼을 선택하고 나서는 그 작동을 멈추었다. 그러나 결혼했다고 해서 가족이라는 굳건한 가치가 뿅 하고 저절로 주어지는 것은 아님을 안다. 샤갈의 작품에서 결혼에 대한 행복감이 묻어나는 건 결혼에 대한 헌신이 있었기 때문이다. 결혼을 선택한 지금, 나 역시 전심을 다할 때 그것이 내 인생 선택이며 인생 작품이 될 것이라 믿는다. 삶의 희로애락 속 가족이라는 굳건한 가치는 내가 만들어 가는 것이다.

"결혼, 해야 할까요?"

결혼을 할지 말지 타인에게 묻는 것은 의미가 없다. 결혼이든 비혼이든, 어느 쪽도 확실한 보장이 없기 때문이다. 결혼한다고 해서 꼭 화목한 가족을 이루는 것도 아니고, 비혼이라고 해서 화려하게 걱정 없이 잘 사는 것도 아니다. 중요한 것은 내가 어느 길을 선택할지, 어떤 삶에 헌신하며 살아갈 의지가 있는지를 스스로에게 물어보는 것이다. 그리고 선택한 후에는 '결혼하지 않았다면 어땠을까?' 혹은 '결혼했다면 어땠을까?'라는 상상의 꼬리표를 떼어 내고, 지금 이 순간이 가장 최선의 선택임을 믿고 살아가면 된다.

『나는 왜 결혼하지 않았을까?』(한정선 저, 예지)의 저자는 결혼하지 않은 특별한 이유가 있었던 것은 아니지만, 살다 보니 결혼을 하지 않게 되었다고 말한다. 하지만 저자는 '내가 만약 결혼했다면 어땠을까?'라고 삶을 후회하지 않는다. 대신, 현재의 삶을 최고의 삶으로 가꾸는 데 집중한다.

> 어차피 가 보지 않은 길을 가는 것이 인생이 아니던가? 게다가 길은 하루에도 시시각각 변해 오늘과 내일의 모습이 다르니, 오늘 내가 택하지 않은 길은 영영 가 볼 수 없다. 설사 다음에 그 길을 선택한다고 해도 같은 길일 수 없기 때문이다. 결혼도 마찬가지가 아닐까. 둘이 오르든, 혼자 오르든 그저 선택한 하나의 길일 뿐이다. 그 길을 한 발 한 발 묵묵히 걸어갈 수밖에 없다. 그 마지막에 어떤 풍경이 펼쳐질지는 지금 이 길을 걷고 있는 나에게 달려 있다.

나 역시 결혼이라는 길을 선택한 이상, '모든 평행 세계 속 나의 삶 중 지금 이곳의 내가 가장 행복하다'라는 생각으로 걸어가야겠다.

싱글로서의 삶이 만족스러울 때는 언제인가요? 어떤 점이 마음에 드나요?

결혼에 대해 걱정되거나 우려되는 점은 무엇인가요?

그럼에도 결혼하고 싶다면 그 이유는 무엇인가요?

두 사람, 이렇게 서로 다르지만요

"당신이 다섯 개의 공을 공중에 저글링하고 있다고 상상해 보세요. 공을 자세히 보면 일, 가족, 건강, 친구, 마음이라는 이름표가 붙어 있습니다. 여기서 '일' 공은 고무공입니다. 만약 공을 떨어뜨리면 다시 튕겨 오르죠. 나머지 '가족', '건강', '친구', '마음' 공은 유리로 만들어져 있습니다. 이들 중 하나를 떨어뜨리면 흠집이 나거나 손상되거나 심지어 부서질 수 있습니다. 우리는 살아가며 이 공들이 균형을 이루도록 노력해야 합니다."

이 코카콜라 회장의 신년사를 연애 시절에 들었다면 남편과 나는 서로에게 이렇게 물었을 것이다.

“유나는 도대체 공이 몇 개야? 안 힘들어?”

“공 하나만 그렇게 껴안고 있으면 어떡해. 다른 공들은 어딨어?”

결혼 전 나는 달력이 가득 차 있어야 마음이 편안한 사람이었다. 일, 강연 듣기, 엄마랑 원데이 클래스 가기, 운동, 친구랑 맛집 약속 등 알록달록한 일정을 보고 있는 것만으로 마음이 든든했다. 반면 남편은 정반대였는데, 집과 일터만 반복하는 듯 보였다. 남편은 나에게 숨차지 않느냐고 종종 물었고, 나는 남편에게 일만 하고 살 수 있냐고 되물었다.

결혼에 대한 두려움 중 하나는 오랜 시간 서로 다른 삶을 살아온 두 사람이 평생을 함께하기로 약속하는 일이다. 그래서 나는 최대한 공통점이 많고 차이점이 적은 사람을 만나는 것이 좋은 인연이라고 생각했다. 하지만 그런 인연을 찾기란 마치 한양에서 김 서방 찾기처럼 어려운 일이었다.

돌아보면 단짝 친구들과도 꼭 공통점이 많고 차이점이 적은 것은 아니다. 그럼에도 좋은 관계를 유지할 수 있는 비결은 무엇일까? 아이러니하게도 그것은 '인연이 아니어도 괜찮아.'라는 마음이다. 친구들과는 공통점이나 차이점을 계산하듯 따지지 않는다. 함께 좋아하는 것을 즐기고, 서로 다른 점은 그러려니 한다. 얼마나 같고 다른지를 따지지도, 우리가 진정한 인연인지를 고민하지도 않는다. 그저 좋은 마음을 바탕으로 우정을 이어갈 뿐이다. 마찬가지로 남편과도 그와의 차이점에 신경 쓰기보다 '그러려니' 하고 넘기는 연습이 필요했다. '내가 이렇게 시간을 꾸리는 것이 중요하듯, 그는 저렇게 시간을 보내려는 사람이구나.' 하고 말이다.

신기하게도 '그러려니' 하고 바라볼수록 그의 삶에 깃든 단정함이 보였다. 그는 많은 일을 하지 않아도 무엇이든 정성껏 하려는 사람이었다. 내가 여러 개의 공을 돌리느라 애쓰는 반면, 남편은 두어 개의 공을 선택해

꾸준히 갈고 닦았다. 나는 하고 싶은 것도, 하고 있는 것도 많아 때로는 힘에 부쳤다. 그의 삶을 보며 나도 점차 일, 가족, 건강이라는 카테고리에 꼭 필요한 활동만 남기고 삶을 정제해 보기 시작했다. 오히려 좋았다. 나에게 필요하다고 여겼던 것이 사실 꼭 그렇지만은 않다는 걸 알게 되었다.

그렇게 일상의 꽤 많은 일과를 하나둘씩 덜어냈다. 그러자 남은 몇 가지에 에너지가 집중되었다. 내가 정말 좋아하는 운동과 혼자서 즐기는 독서, 그리고 새벽 시간이 단단해져 갔다. 반대로 남편은 나를 보며 일 이외의 것에도 마음을 열기 시작했다. 일터와 집만 오가던 삶에서 벗어나 가끔은 나와 함께 산에 오르고 책도 읽으며 여유를 누렸다. 나는 추린 공 몇 개에 집중하고, 남편은 일뿐만 아니라 삶의 다른 영역에도 시선을 두며 균형을 찾아갔다.

그러고 보면 인연이란 공통점이 많고 차이점이 적은 상대를 만나는 게 아니라, 상대와 나 사이의 공통점에 감사하고 차이점을 포용해 가는 게 아닐까. 나와 남편

각자가 지닌 면모는 어쩌면 서로에게 꼭 필요한 부분이었을지 모른다. 나에게는 남편의 묵묵한 안정감이, 그에게는 내 다방면 에너지가 활력이 되었으니 말이다. 이렇게 보면 차이점은 오히려 서로에게 영감을 주는 플러스 요소일 수 있다.

서로 다른 삶을 살던 두 사람이 만나 미래를 기약하는 일은 물론 두렵다. 그렇지만 원래 인간은 변화에 적응하고 진화하며 살아온 DNA가 탑재된 동물이 아니던가. 거창한 진화가 아니어도, 각자는 서로에게 자신을 비추어 변화하도록 돕는 귀한 거울이 될 수 있다. 『김미경의 마흔 수업』(김미경 저, 어웨이크북스)에서 부부는 결혼이라는 현장에서 크게 세 번 정도 다른 사람이 된다고 한다. 결혼한 시점, 40대, 60대의 그 사람이 제각각이라는 것이다. 계속될 변화라면, 그것을 두려워하기보다 마음을 열어 적응하고 진화할 수 있는 용기를 내고 싶다. 때때로 서로의 모습을 허물처럼 벗어던지고, 훨훨 날아도 가며 말이다. 포켓몬 진화처럼, 유부몬 진화!

두 사람의 가장 큰 공통점은 무엇인가요?

상대방과 나 사이에 처음에는 다르게 느껴졌지만, 시간이 지나면서 공감하거나 비슷해진 특성이나 성향은 무엇인가요?

관계를 더욱 돈독하게 하는 두 사람만의 팁은 무엇인가요?

프러포즈는 잽, 잽, 펀치

"나랑 결혼해 줄래?"

"……."

"대답할 말이 생각이 안 나? '그래', '싫어', '내 인생에서 꺼져' 등의 답변이 있어."

"그럼 난…… '그래'로 할래."

영화 「어바웃 타임」은 폭풍우 속에서 신랑 신부가 행복하게 피로연장으로 뛰어가는 독특한 결혼식 장면으로 유명하다. 그 장면도 그렇지만, 나에게는 프러포즈 신이 기억에 남는다. 잠자는 여자 주인공을 깨워 묵직한 질문을 던지는 남자와, 담담하게 "난…… '그래'로 할래."라고 답하는 장면이 잔잔한 여운을 남겼다. 한편으로 인생에서 결혼해 본 적이 없음에도, 용기 내어 결혼하기를 묻고 확신에 차서 대답하는 두 사람이 신기하기도 했다. 나에게도 그런 순간이 찾아올까?

"유나, 나 처음 만났을 때 엄청 바쁜 척했잖아."

연애에서는 밀고 당기기가 중요하다는데, 나는 밀고 또 밀기에 더 능했다. 누군가 내 삶에 깊이 들어오면 방어하고픈 마음이 앞섰다. 연애 초기에는 한창 미라클 모닝을 실천하며 하루를 알차게 보내려고 애쓰던 터라, 연락을 잘 못 하기도 했다. 저녁 아홉 시가 되면 기절할듯 잠이 쏟아졌다. 만나서도 당기기보다 밀어내는 경우가 종종 있었다. 한 번은 투자 이야기를 하다가 남편이 믿을 만한 지인이 있다고 했다. 때마침 경제 공부를 열심히 하고 있던 나는 우쭐한 마음에 '믿을 수 있는 건 결국 자기 자신뿐'이라며 훈수를 두었다.

"그래도 난 유나는 늘 믿어!"

"각자가 자신을 최고로 믿고 열심히 살 때 신뢰가 생기는 거야!"

그저 "서로 믿으며 잘해 보자." 정도로 마무리할 수도 있었을 텐데, 굳이 논리를 내세웠다. 돌이켜보면 그와의 연애에서 나 중심적인 모습이 많았을 것이다. 그럼에도 그는 늘 '우리'를 말하며 함께하는 삶을 그려 갔다.

"나는 유나가 하고 싶은 것을 이룰 수 있도록 도와주는 사람이 되고 싶어."

"유나야, 우리 나중에 부모님 모시고 같이 여행 가자!"

그는 말뿐 아니라 행동으로도 함께 시간을 보내려 손을 내밀었다. 내가 하는 공부에 관심을 보이며 배우고, 우리 가족과 함께 식사하는 것을 소중히 여겼다. 서툴게 세워 둔 나만의 경계가 서서히 느슨해졌다. '이 사람은 자신보다는 '우리'를 생각하는 사람이구나. 같이하는 것이 혼자일 때와는 또 다르게 좋구나.' 그는 그렇게 작은 잽을 날리듯 천천히 내 마음에 다가왔다. 잽, 잽, 잽.

결혼 전 어느 겨울, 나의 오랜 버킷리스트인 한라산 등반에 그가 동행해 주었다. 김밥과 간식, 물 몇 통을 야무지게 챙겼다. 설레기도, 비장하기도 한 시작이었다. 이른 새벽 아무것도 보이지 않는 산을 오직 랜턴과 서로의 온기에 의지하며 오르기 시작했다. 눈으로 뒤덮인 풍경은 포근해 보이던 겉모습과 달리, 당장 한 걸음 내디딜 계단조차 보이지 않을 만큼 험난했다. 산을 오를수록 풍경에 대한 감탄과 힘든 탄식이 점차 뒤섞였다.

"유나야, 힘들지? 가방 이리 줘."

"안돼. 각자 들어야지."

"정상까지 가야지. 나는 체력이 괜찮잖아. 더 들 수 있어."

평소 혼자 힘으로 잘하는 것이 중요하다고 말하던 나였지만, 이 산행에서만큼은 제 몫을 해내는 일조차 쉽지 않았다. 마치 라이언 일병을 구하듯, 그는 내 가방을 어깨 앞으로 메고 묵묵히 걸었다. 나 때문에 그가 힘들어질까 봐 미안한 마음이 들었다.

"한라산 등반이 오빠 취미야."

첫 한라산 등반에 그는 농담을 던지며 내 마음속 부담을 덜어 주었다. 그러곤 마치 응원 단장처럼 "최고, 최고! 잘한다!"라며 이끌어 주었고, 즉흥적으로 작사 작곡한 '너는 산이고 나는 눈이야'라는 노래까지 흥얼거렸다. 새벽 다섯 시에 출발한 우리는 정오가 넘어 백록담에 닿았다. 정상에 닿기까지 수시로 흐물거리는 나를 든든히 품어 준 그 덕분이었다. 온 마음과 힘으로 등반을 돕는 그를 보며 '천사인가?'라는 생각이 들었다. 그것이 내가 온 심장으로 전해 받은 그의 펀치였다. 한라산 여정은 혼자보다는 함께일 때 더 근사할 수 있음을 느끼게 한 강력한 한 방이었다.

"나랑 결혼해 줄래?"

"이미 'Yes!'야."

내 생일, 그는 작사 작곡한 노래로 프러포즈하며 감동을 선사했다. 나의 답은 당연히 "Yes!"였다. 앞서 날아온 잽과 펀치의 순간에 이미 K.O 상태가 되었고 결혼에 O.K라는 마음이 들었기 때문이다. 영화 「어바웃 타임」

의 여자 주인공도 아마 마찬가지였을 것이다. 잠결이지만 당황하지 않고 "그래!"라고 말할 수 있던 것은 이미 몇 번이고 그 관계에 "Yes!"라고 자신 있게 답해 왔기 때문이다.

누군가 프러포즈 에피소드를 묻는다면, 그와 진심으로 함께하고 싶다는 마음이 차오른 순간들을 떠올릴 것 같다. 프러포즈는 한 번의 거창한 이벤트라기보다, 상대와 나 사이 수 겹의 'Yes'가 쌓여 이룬 필연의 순간이 아닐까 싶다.

내가 본 인상적인 프러포즈 장면은 무엇인가요? 그 장면이 왜 특별하게 다가왔나요?

상대방만이 가진 특별한 매력은 무엇인가요? 상대가 나에게 확신을 줬던 순간들을 적어 보세요.

상대방은 어떤 순간에 나와의 결혼을 생각하게 되었나요?

Q&A

이제 결혼 준비를 시작하려고 합니다. 어디서부터 어떻게 준비하는 것이 좋을까요? 결혼식 당일까지의 과정이 궁금합니다.

결혼하기로 마음먹고 본격적으로 준비하려니 어디서부터 어떻게 시작해야 할지 막막할 겁니다. 인터넷에 결혼 준비, 결혼식 등을 검색하면 방대한 정보에 먼저 놀라게 되죠. 그러나 결혼은 처음이라 낯설 뿐, 누구나 충분히 차근차근 준비할 수 있습니다. 결혼 준비를 하나의 그림을 그려 나가는 과정이라고 생각해 보세요. 큰 스케치를 먼저 하고, 세부 사항을 채우고 다듬어 가는 순서로 준비하는 것입니다.

그림을 그릴 때 밑그림부터 시작하듯, 준비 과정의 타임라인을 세우는 것이 첫걸음입니다. 결혼식 날짜가 정해졌다면, 준비하는 시점부터 결혼식까지를 연결하는 일직선을 쭉 그어 보세요. 그리고 주요한 일정을 일직선에 점으로 표시하세요. 결혼식 전까지 해야 할 일들을 막연히 머릿속에만 두기보다 종이에 적어 보면 한결 생각이 정돈됩니다. 할 일이 의외로 많지 않다고 느낄 수 있고, 일의 순서를 정하고 표시하는 것만으로도 복잡함을 줄일 수 있어요.

일반적으로 결혼은 1년 정도의 기간을 두고 준비하면 좋습니다. 그러나 각자의 여건에 맞게 타임라인을 그릴 수 있어요. 예를 들면, 저는 이러한 순서로 준비 과정을 정리했습니다.

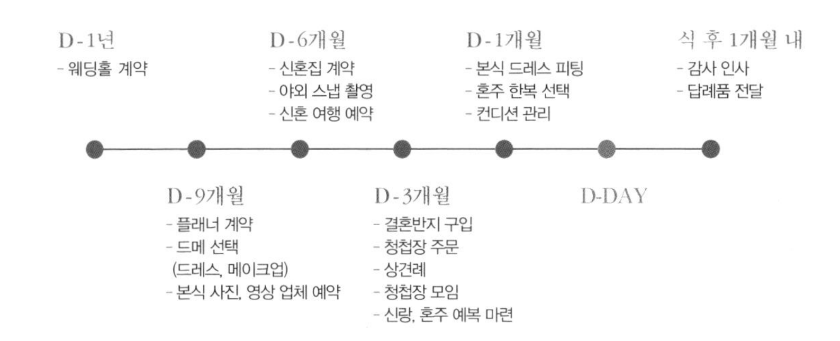

어떤가요? 해야 할 일의 목록과 순서가 한눈에 들어오나요? 이때 정보를 구하는 방법에는 여러 가지가 있습니다. 결혼 준비를 꼼꼼히 하는 K-신랑 신부들 덕분에 필요한 부분을 SNS나 온라인 웨딩 커뮤니티에서 충분히 찾을 수 있었습니다. 또, 먼저 결혼을 한 친구들의 조언도 생생히 와닿았습니다. 필요한 계약으로 날짜를 정한 뒤에는, 타임라인과 달력에 일정을 표시해 두고 차근차근 진행하면 됩니다.

중요한 것은 계속해서 정보 검색에 빠져 있기보다 결혼 준비를 제외한 일상생활을 열심히 하는 것입니다. 새로운 정보가 끊임없이 업데이

트되는 웨딩 시장에서 정보를 계속 검색하다 보면 비교만 거듭하게 되고, 선택에 고민이 들기 마련입니다. 내가 한 선택도 충분한 고민 끝에 잘한 것이라고 믿고, 일상생활에 집중해 보세요.

결혼식이 한두 달 앞으로 다가오면 디테일을 잡는 시기입니다. 이제는 마치 그림 위에 색을 입히는 과정과도 같습니다. 드레스와 턱시도 피팅, 청첩장 준비 및 발송, 웨딩 리허설, 소품 준비와 예식 진행자 점검 등 결혼식 당일 행사와 관련된 일정들이 포함됩니다. 이때는 결혼식에 참석하는 가족들에게도 당일 세부 일정과 흐름을 미리 안내해 두어 함께 결혼식에 대해 이해하고 준비해야 합니다. 마음이 바빠질 수 있으니 청첩장 모임은 최소 예식 2주 전에 마치는 것이 여유로운 결혼 준비에 도움이 됩니다.

마지막으로, 결혼식이 다가올수록 결혼식 당일을 상상하며 주요 순간들을 떠올리곤 했습니다. 상상 속 결혼식에서 여러 번 뭉클했었는데, 이미 감정의 너울을 여러 차례 겪은 덕분인지 결혼식 당일에는 눈물보다 웃음이 많았습니다.

준비할 것도 선택할 것도 많은 결혼 준비 과정입니다. 무엇이든 우리의 선택이 최선이자 최고라고 믿는 것이 중요합니다. 두 사람이 함께 만들어 가는 순간순간 자체가 이미 결혼 과정의 시작이고, 어떤 모양이든 두 사람의 개성이 담긴 아름다운 결혼이 될 겁니다.

스스로 온전할 수 있어야 두 사람의 관계도 건강하다는 것에 공감합니다. 그러려면 자신에 대해서 잘 알아야 한다고 하는데, 그 방법을 잘 모르겠어요.

우리의 눈이 바깥을 향해 있기 때문일까요? 다른 사람을 바라보는 것에 비해 나 자신을 마주하는 것은 익숙하지 않습니다. 그래서 자신을 알아가는 것이 평생의 과제로 여겨지나 봅니다. 나에 대해 아는 것은 자격증 공부처럼 일정 기간 집중하고 끝나는 일이 아닙니다. 그보다는 라디오 청취와 비슷해요. 매일 꾸준히 관심을 가지는 것, 즐거운 마음으로 찾는 것, 희로애락을 함께 나누는 것이지요.

어떻게 나에 대해 알아갈 수 있을까요? 보통 다양한 경험을 통해 내면의 생각과 감정을 끌어낼 수 있습니다. 예를 들면 여행하며 이전에 떠올리지 못했던 것을 생각해 본다거나, 잘 몰랐던 나의 새로운 특징을 발견하는 것입니다. 그런데 우리는 바쁜 현대인입니다. 늘 여행을 갈 수는 없으니 그것을 대체할 무언가를 찾게 됩니다. 그중 가장 좋은 것이 '독서'입니다.

저는 결혼이 시행착오를 반복하며 준비하기보다는, 경험해 봐야 비로소 알 수 있다는 점이 어렵게 다가왔습니다. 결혼을 결심하는 데에도 고민이 많았지요. 그래서 이미 결혼이라는 여정을 걷고 있는 분들의 이야기를 찾아보았습니다. 도서관 자료 검색창에 '결혼', '부부', '신혼' 등의 키워드를 입력해 최신 발간 도서를 쭉 읽어 갔지요. 그중 인상 깊었던 책들이 있었습니다.

45년간의 진솔한 결혼 이야기를 담은 선배의 에세이 『결혼해도 괜찮아』(박혜란 저, 나무를심는사람들), 소소한 일상 속 평범한 결혼 생활을 잔잔하게 그리며 힘 좀 빼도 괜찮다는 위안을 주었던 『평범한 결혼 생활』(임경선 저, 토스트), 그리고 소설을 읽는 듯한 흐름 속에서 애착 유형에 대해 생각해 볼 수 있었던 『나의 결혼을 후회하지 않기로 했어』(김미선 저, 박영스토리) 등이 특히 기억에 남습니다. 이 책들을 통해 앞으로의 결혼 생활을 차분히 그려 보던 시간이 제게 꼭 필요한 결혼 준비였습니다.

주제가 꼭 결혼이 아니어도 좋습니다. 저에게는 다른 연령층을 위한 책을 읽는 것도 매우 흥미로운 경험입니다. 저는 30대지만 『마흔에 읽는 쇼펜하우어』(강용수 저, 유노북스), 『김미경의 마흔 수업』(김미경 저, 어웨이크북스), 『만일 내가 인생을 다시 산다면』(김혜남 저, 메이븐), 『나이 듦 수업』(고미숙 외 저, 서해문집) 같은 책을 읽으며 그 나이대 모습을 상상해 보곤 합니다. '삶을 살아가다 보면 이런 것을 배우는구나, 이런 고민을 하는구나' 하고 먼 훗날의 나를 상상하면 현재의 내게 필요한 것들이 보이곤 합니다.

결혼을 준비하다 보면 정신없이 바쁠 때가 많습니다. 이때 책을 통해 다른 세계로 생각을 돌리며 주의를 환기하는 것도 좋은 방법입니다.

책을 읽는 것은 언제든 어딘가로 떠날 수 있는 나만의 공항을 열어 두는 일이니까요. 이는 결혼 전에도, 결혼 후에도 꼭 필요한 시간입니다. 마치 여행을 통해 성장하고 돌아오는 것처럼, 책과 함께 떠나는 여정에서 나를 조금씩 그리고 꾸준히 만나는 경험을 쌓길 바랍니다. 책을 통해 내면을 단단히 가꾸고, 때로 상대방과 책 이야기를 나누며 두 사람이 함께 꽃 피울 수 있는 공동의 토양도 기쁘게 다져 가세요.

SNS에서 보면 다들 프러포즈를 화려하게 하던데, 어떻게 준비해야 할지 고민입니다.

프러포즈는 삶에서 기억에 남는 순간 중 하나입니다. "프러포즈 어땠어?"라고 누군가 물을 때 설렘 가득한 미소로 추억할 수 있는 날이지요. 그런데 최근 외신에서 한국의 프러포즈를 다루며 고가의 호텔 숙박, 명품 가방 같은 고비용 청혼 사례를 꼬집었습니다. 한국의 낮은 혼인율과 출산율도 함께 언급되었고요. 모든 한국의 예비부부가 그런 것은 아니기에 살짝 억울한 마음이 들었습니다. '뭐 어때. 두 사람이 좋으면 그만 아닌가?'라는 생각도 스쳤습니다. 연인을 위해 최선을 다하고자 큰마음을 먹고 준비했을 테니까요. 그러나 외신의 비판은 이런 마음을 겨냥한 것이 아닙니다. 특정한 패키지로 일괄된 프러포즈 문화, 남들만큼 해야 한다는 비교와 경쟁심, SNS 등에 보여주기용 프러포즈를 문제로 본 것입니다.

사실 프러포즈의 본질은 두 사람이 함께하고 싶다는 진심이 통하는 데 있습니다. 제 친구의 남자친구는 그런 마음을 담아 특별한 프러포즈를 준비했습니다. 두 사람의 사진을 전시 작품처럼 꾸미고, 친구만을 위한 도슨트가 되어 작품 해설 투어를 기획한 겁니다. 평소 미술을 좋아하는 친구를 위해 이런 특별한 순간을 선물하고 싶었던 남자친구의 세심함이 느껴졌지요. 친구는 서툴게 꾸며진 전시가 오히려 마음을 움직였다고 하더군요. 완벽하지 않았기에 그 빈틈을 함께 채우고 싶다는 마음이 들었다고 합니다. 진심과 애씀이 가득한 이 이야기는 저에게도 감동을 주었습니다.

이원흥 카피라이터의 인상 깊은 트윗 구절을 공유합니다.

> "연애의 오브제란 다른 사람들이 인정하는 명품이 아니라, 다른 사람들이 짐작조차 할 수 없는 상징이어야 한다. 추억과 약속, 비밀과 신호, 혹은 둘만의 유머가 담긴 무엇. 그것은 단어나 이름처럼 눈에 보이지 않는 것일 수도 있다."

프러포즈가 남에게 보이기 위한 이벤트가 아니라, 두 사람의 진심이 통하는 아름다운 순간이 되었으면 합니다. 그리고 그런 이야기가 더 많이 공유되고 귀하게 여겨지기를 바라는 마음입니다.

좋은 결혼 생활이란

완벽한 사람들의 결합이 아니라,

서로의 불완전함을 즐기는

사람들의 만남이다.

_ 데이브 윌리스

2장

결혼 준비의 롤러코스터

시원한 커피면 됩니다

결혼 준비를 커피 주문에 살짝 과장을 보태서 빗대면 아마 이렇지 않을까.

"시원한 커피 한 잔 부탁드립니다."

"네, 고객님. 원두는 에티오피아 예가체프 아리차랑 니카라과 라 보니타 마라카투라, 이렇게 두 가지 있습니다."

"음……. 추천 부탁드립니다."

"아, 커핑 노트 말씀드릴게요. 에티오피아는 베리류,

과일 산미, 달콤함이 특징이고요. 니카라과는 오렌지, 살구, 바닐라 향이 특징입니다."

"아……. 비슷비슷한 것 같은데 아무거나 부탁드려요."

"그래도 커피 취향은 고객님만의 중요한 기호니까, 혹시 선택이 어려우시면 업체를 통해 추천 서비스를 받는 건 어떠세요? 오늘 가입하시면 추후 시향 서비스 1회 무료입니다."

결혼 준비 과정은 커피 주문과 비슷한 듯하면서 또 다르다. 선택 사항이 계속 주어지는 점은 같다. 그러나 커피 주문은 선택 후 시원한 커피 한 잔을 마실 수 있는 반면, 결혼 준비는 선택을 거듭할수록 결론에 가까워지기보다 원점으로 되돌아가는 알고리즘에 빠지는 기분이 든다. 인생에 단 한 번뿐인 날이라는 꼬리표는 사소한 것도 허투루 하면 안 되는 중요한 선택으로 만든다. 결국에는 업체의 추천에 의지하거나, 주변에서 좋다고 하는 것에 영향을 받게 된다. 누구의 선택인지조차 아리송

해지는 순간들이 이어진다.

드레스를 고를 때도 처음에는 산뜻한 커피 한 잔을 기대하는 듯한 설렘만 가득했다. 실크, 비즈, 레이스 중 하나를 고르는 건 할 만했다. 나는 군더더기 없이 깔끔한 실크를 택했는데, 곧 무겁고 광택감이 고급스러운 미카도 실크, 하늘하늘 산뜻한 오간자 실크, 구김이 매력적인 타프타 실크, 광택 없는 도비 실크가 줄줄이 나타났다. 드레스 모양도 풍성한 스타일, 슬림 라인, 머메이드 라인 등으로 나뉘었다. 끝없이 펼쳐지는 선택의 늪 속에서 마음이 허우적거리기 시작했다.

'결혼하기 참 힘드네. 디즈니 공주들은 어떻게 드레스를 고른 걸까?'

드레스뿐만이 아니다. 예식장, 메이크업, 스냅 사진, 비디오, 정장과 턱시도, 혼주 한복, 청첩장 등 정보 손품을 팔수록 마음은 더 바빠졌다. 결혼 준비로 무엇이 꼭 필요한지 헷갈리기 시작했다. 인생의 큰 행사를 앞두고 차곡차곡 쌓아 가듯 준비를 해야 할 것 같은데, 준비라고 할 만한 것이 대부분 일시적이고 소비적인 것이란 사실에 회의감도 들었다. '내가 할 일이 결혼 준비만은 아닌데…….'라는 생각이 머릿속을 맴돌았다. 그러다 『결혼 생활, 기대 이상입니다』(박찬일 저, 디자인하우스)란 책에서 소화제 같은 문장을 만났다.

> 결혼은 긴 마라톤의 시작을 알리는 축제다. 단순히 화려한 파티도 완성된 사랑의 세레나데도 아니다.

단 두 문장이 답답했던 마음을 시원하게 긁어 주었다. 결혼식은 마라톤 출발선에 서는 것이다. 마라톤에서 중요한 것은 출발선에 얼마나 멋지게 서 있느냐가 아니다. 앞으로 펼쳐질 장거리 코스를 달려갈 체력과 정신력이 핵심이다. 그런데 보통 결혼 준비라고 하는 것이 출발선을 어떤 모양으로 꾸밀지에 초점이 맞춰져 있으니, 본격적인 마라톤에 앞서 불안한 마음이 든 것이다.

결혼식이 목적이 아니라 결혼이라는 '삶'에 무게를 두자. 결혼식은 공식적 자리인 만큼 예의를 갖추어 준비해

야 하지만, 식을 최종 목표로 두고 온 힘을 쏟을 필요는 없다. 식 이후의 삶도 긴 호흡으로 바라보아야 한다. 그것은 어떻게 할 수 있을까? 특별한 것 없다. '지금'과 '이곳'의 삶에 집중하는 것이다.

결혼 준비를 핑계로 지금, 이곳에서의 내 일을 미루고 싶지 않았다. 결혼 준비 즈음 나는 글을 쓰는 작가를 꿈꾸었다. 준비하느라 바쁘다는 이유로 그 꿈을 뒤로 미루지 않기로 했다. 우선 썼다. 쓰고, 고치고, 투고했다. 또 비슷한 시기에 더 공부하고 싶은 분야가 생겨 차기 연도 대학원 입학 준비에 힘썼다. 내가 하고 싶은 것과 결혼식을 마친 뒤 지속하고 싶은 것에 우선순위를 두었다. 그것에 에너지를 쓰는 것이 식 이후에 펼쳐질 내 삶에 단단한 기반이 될 것이라 믿었다.

결혼식이 드라마 같은 순간이길 기대하지 않고 그 너머로 보게 될 풍경을 기대하니, 결혼식의 휘황찬란함 뒤에 물밀듯이 찾아온다는 공허함을 비껴갈 수 있었다. 신혼이라는 새로운 삶에 들어섰지만 낯설지 않았고, 마라톤 연습이 실전이 되어 내가 할 일을 자연스럽게 이어 갈 수 있었다. 결혼식 열흘 뒤 내 인생 첫 책을 출간 계약했고, 한 달여 뒤 바라던 대학원에서 공부를 시작했다.

"네 고객님, 무엇으로 드릴까요?"

"시원한 커피면 됩니다. 나머지는 잘 부탁드릴게요."

인생에서 하이라이트는 결혼식이 아니라 그 이후에 펼쳐질 두 사람의 삶이다. 그러니 복잡한 카페 주문에 매이지 말자. 얼른 시원한 커피 한 잔을 누리며, 지금 이곳에서 결혼 후에도 이어질 삶의 밑거름을 쌓는 것이 더 중요하다.

결혼 전까지 상대와 함께 이루고 싶은 목표나 하고 싶은 일이 있다면 무엇인가요?

결혼 후에도 개인적으로 계속하고 싶은 활동이나 관심사가 있다면 무엇인가요?

결혼 준비 과정을 되돌아볼 때, 참 잘했다고 생각할 만한 부분은 무엇인가요?

줌 아웃이 필요할 때

줌 아웃(Zoom Out). 카메라 촬영 기법의 하나이다. 카메라를 고정하고 렌즈의 초점을 조절하여 촬영물로부터 시선이 점차 멀어지게 하는 것이다.

머리를 복잡하게 만드는 고민이 들 때면 가상의 카메라를 꺼내 든다. 고민을 피사체로 두고, 초점을 조절한다. 나, 내가 있는 건물, 건물이 있는 마을, 마을이 있는 도시, 한국, 때로는 우주까지 줌 아웃을 한다. 나의 걱정이 작은 점에 불과하다는 것을 깨닫기 위해서다.

결혼을 준비하며 줌 아웃 전략이 필요한 때가 있었다.

바로 종교에 관해서이다. 결혼 전 주말에 나는 영어 모임에, 남편은 교회 예배에 참석했다. 평일에는 둘 다 바쁘니 주말에 같이 시간을 보내면 좋겠지만, 각자 바라는 모양으로 주말을 꾸리는 것도 만족스러웠다. 그러다 어느 날, 남편은 결혼하고 나서 주말에 함께 시간을 보냈으면 하는 바람을 이야기했다. 그 말은 교회에 한번 같이 가 보자는 것이었다.

함께 교회에 가 볼 수는 있겠다고 자신 있게 생각했다. 나를 둘러싼 종교에 대한 경험이 모두 긍정적이었기 때문이다. 내 삶 주변에 이미 스며들어 있는 종교를 떠올려 보았다. 간절히 바라는 마음에 기도를 드릴 때도 있고, 카르마를 믿으며 좋은 삶을 살고자 노력한다. 또 나와 가까운 사람들도 종교를 갖고 살아간다. 외할머니가 절에 다니셨고, 엄마는 법륜 스님의 불교 대학 과정을 공부하셨다. 남편처럼 교회에 다니며 때로 나를 위해 기도한다는 고마운 친구도 있다.

그러나 거뜬할 것이란 예상과 달리, 교회는 나에게 낯

설게 다가왔다. '죄', '구원'과 같은 말들이 무겁게 느껴졌다. 그의 옆에서 함께하고 싶었지만, 생각보다 쉽지 않았다. 그때 좀 아웃이 필요하다는 생각이 들었다. 나와 남편에서 교회라는 공간으로, 그 밖의 도시로, 우리나라로, 세계로, 그리고 우주로. 그렇게 반경을 넓혀 가며 가만히 생각해 보았다. 종교의 차이를 어려운 문제로 보는 것은 쉽다. 그러나 그것을 문제로만 생각하기에는 삶이 짧고 한순간에 지나가 버린다. 큰 우주의 점처럼 잠깐 찍고 지나가는 삶인데, 유한한 시간 속에서 조금이라도 그와 행복하게 함께하고 싶다는 마음이 커졌다.

그때 내가 좋아하는 서울의 정동길, 푸르른 나무가 줄지어 선 길 한편에 자리한 붉은 벽돌 교회가 떠올랐다. 한 번쯤 가 보고 싶다고 생각한 운치 있는 공간이었다. 홈페이지에 들어가 보니 마침 그 교회에는 영어 예배도 있었다. 다행히도 예배의 모든 내용을 이해하려면 내 영어 실력이 더 뛰어나야 했다. 지금은 일부만 이해하는 것이 내가 소화할 수 있는 양으로 알맞을 것 같았다.

그렇게 남편과 찾아간 정동길의 교회에서 역사의 흔적이 고스란히 배어 있는 공간과 목사님의 평온한 음성, 간간이 알아들을 수 있는 영어로 인해 내 마음이 한결 편안해졌다.

현재의 어려운 마음만 보았더라면 아마 움직이지 않았을 것이다. 그러나 줌 아웃을 하면 내가 함께하고 싶은 사람과 한순간이라도 나란히 걸어갈 수 있다는 것이 얼마나 소중한지 깨닫게 된다. 이런 말도 있지 않은가. "수천 번의 생을 반복한다고 해도 사랑하는 사람과 다시 만날 가능성은 아주 드물다. 그러니 지금 후회 없이 사랑하라. 사랑할 시간이 그리 많지 않다." 그에게 가치 있는 순간을 함께하는 것이 내가 사랑하는 하나의 방식이기도 하다.

이렇게 줌 아웃 전략은 내 고민을 벗어나 주변의 다른 풍경을 볼 수 있도록 돕는다. 현재의 고민이 짙어질 때, 잠시 줌 아웃하고 찰칵, 그를 둘러싼 풍경을 가만히 바라보는 것은 나에게 하나의 지혜가 되었다.

서로의 종교나 신념에 대해 어떤 이야기를 나누었나요?

나와 상대 사이에 '줌 아웃 전략'이 필요할 때는 언제인가요?

상대방과 어려움이나 갈등이 생겼을 때 나는 어떻게 풀어 가려 하나요? 나만의 치트키가 있나요?

'어디에'보다 '어떻게' 살 것인가

결혼을 앞둔 남녀가 지도를 펼친다. 지도 위에 묘한 전운이 감돌고, 두 사람의 표정은 흡사 중요한 전투를 앞둔 장군처럼 비장하다. 먼저 예비 신부가 손가락으로 한 곳을 짚는다. 그러나 절레절레 고개를 젓는 예비 신랑. 이내 '그렇다면 이곳은?' 하는 표정으로 다른 곳을 가리킨다. 이번에는 예비 신부가 미간을 찌푸린다. 지도 위 손가락 자국만 요란하다.

어디에 집을 구할 것인가?

신혼의 보금자리를 마련하는 일은 결혼 준비에서 큰 과제이다. 어느 지역에 살지, 얼마의 예산을 들일지 등 신경 써야 할 것이 한두 가지가 아니다. 그 결과 내가 사는 곳, 남편이 사는 곳, 나의 직장, 남편의 직장이 지도에 중구난방으로 펼쳐져 있었다. 나는 원래 살던 터전에 자꾸만 눈길이 갔다. 나에게 가장 익숙한 공간을 떠나 새로운 지역에서 삶을 그릴 수 있을까? 신혼집 말을 이리저리 움직이며 생각을 좁혀 갔다. 결국에는 부동의 바위처럼 움직이지 않는 직장 위치를 중심으로 우리가 살 곳을 정하기로 했다.

결국 내가 살던 곳에서 지하철로 한 시간 삼십 분, 차로는 한 시간 정도 떨어진 지역에 신혼집을 구했다. 직장인의 꿈이라는 '직주근접'은 실현했지만, 원래 살던 곳과 이렇게나 멀어질 줄은 몰랐다. 친구에게 아쉬운 소리를 하며 입술을 삐죽 내미니, 친정집에 지하철로 갈 수 있으면 가까운 거리라고 했다. 그러고 보니 친구는 결혼하며 서울에서 지방으로 이사해서 부모님 댁에 오려면 기차로 이동해야 했다. 눈치껏 입술을 다시 넣었다.

"Come! Whenever you want! We are 5 hours away(언제든 네가 원할 때 와! 우리는 다섯 시간 떨어진 곳에 있어)!"

내가 결혼할 즈음, 나의 태국인 친구도 한국에서의 신혼 생활을 준비하고 있었다. 나는 부모님 집까지 차로 한 시간 거리도 멀게 느껴지는데, 살던 나라를 떠나는 친구의 마음을 가늠하기 어려웠다. 친구는 부모님 앞에서 잘 울지 않는데 태국을 떠나는 공항에서 그렇게 눈물이 났다고 했다. 그때 친구의 아버지께서 태국은 한국에서 다섯 시간 거리에 있다고, 언제든 오고 싶을 때 오라고 하셨단다. 물리적인 거리를 마음의 거리로 좁혀 주신 친구 아버지 말씀이 내게도 위안이 되었다. 나도 의젓하게 독립을 준비해야겠다고 생각했다.

당연히 어디에 사는지보다 중요한 것은 어떻게 살 것인가이다. 부모로부터 독립하고, 남편을 룸메이트로 만나 어떻게 살아갈 것인가?

『나는 홈 메이커입니다』(크리스티나 피카라이넌 저, SISO)라는 책에서 저자는 '하우스(House)'와 '홈(Home)'을 구

분한다. 하우스가 건물로서의 집이라면, 홈은 구성원이 마음으로 편안함을 느끼는 집이다. "역시 집이 최고야." 의 그 집은 하우스보다는 홈일 것이다. 나도, 태국인 친구도 신혼 '하우스'에서 시작해서 점차 신혼 '홈'으로 느끼며 살아갈 것이다.

집을 홈으로 만든다는 건 이런 것이다. 추운 겨울, 엄마는 내가 집에 들어올 즈음 침대의 전기장판을 미리 켜 두셨다. 씻고 침대에 누우면 그 따듯함에 마음마저 녹아내리곤 했다. 초여름, 아빠는 모두가 좋아하는 수박을 냉장고에 시원하게 채워 두셨다. 누군가 "와, 웬 수박이야?"라고 하면 거실에서 흐뭇하게 미소 지으셨을 것이다. 동생은 누가 헌병대 출신 아니랄까 봐 수시로 모두의 귀가 상황을 확인했다. 지금 신혼집에는 발뒤꿈치에 상처가 난 나를 위해, 다음 날 까먹지 말라고 신발 속에 미리 밴드를 넣어 두는 남편이 있다. 나는 남편을 기다리다 먼저 잠이 들 때면 거실에 작은 전등을 켜 둔다. 깜깜한 어둠이 아닌 작은 빛이 남편을 맞이했으면 하는 마음에서다. 집을 집답게 만드는 것은 서로에 대한 이런 작고 세심한 마음 씀씀이가 아닐까.

요즘에는 어디에 사는지가 화두이다. '판교 신혼부부'라는 말은 신도시에 사는 세련된 신혼부부를 가리키는 말로 누구나 알만한 신조어가 되었다. "당신이 사는 곳이 당신을 말해 줍니다."라는 아파트 광고 문구도 자신의 가치를 사는 곳에 투영하는 사회의 단면을 보여준다.

그러나 사람들 삶에서 자연스럽게 묻어나는 것은 어디에 사는지보다 어떻게 사는지다. "이건 집에 가서 아내랑 또 먹어야지." 하며 회식 자리 맛있는 음식을 추가로 포장 주문하는 부장님, "빨래 다 갰어? 너무 애썼네. 고마워." 하며 동료 선생님이 자녀와 나누는 살가운 전화 통화, "금요일은 엄마랑 책 빌려 와서 맛있는 것 먹는 날이에요."라는 아이의 말 등 각 집에서의 고유한 삶이 묻어나는 이야기를 들을 때면 괜히 기분이 좋다. 직접 가 보지 않아도 어떻게 사는지가 흐뭇하게 그려진달까. 집에서의 안정감은 집 밖에서도 은은한 행복감으로 전해진다. 가화만사성이라는 말이 괜히 가훈 1순위가 아닌 것이다.

집에서 얻는 에너지를 원천으로 향기로운 영향을 전하는 삶은 참 근사하다. 그 연습은 지금 신혼집부터 시작할 수 있다. 언젠가 우리의 꿈인 중정 있는 집에 머무는 날, 그동안 어느 곳에 살아왔는지보다 어떻게 살아왔는지를 뿌듯하게 돌아보고 싶다.

신혼집을 준비하며 우리가 만들고 싶은 가족 문화나 루틴은 어떤 것인가요?

상상해 보세요. 신혼집의 평일 풍경은 어떤가요? 주말 풍경은 어떤가요?

10년 후, 20년 후 살고 싶은 집의 모습을 적어 보세요. 그 집에서 어떤 생활을 꿈꾸나요?

온 가족의 데뷔 무대

상견례 프리패스상 vs 상견례 문전박대상.

상견례 프리패스상은 인상이 서글서글하고 용모가 단정해서 누구나 좋아할 만한 이미지다. 반면 상견례 문전박대상은 상견례도 하기 전에 상대 부모님이 '으흠' 헛기침을 하실 것 같은 이미지다. 언제든 사람 인상에는 반전이 있는 법이지만, 이왕이면 프리패스상으로 눈도장 찍고 싶은 것이 상견례 날일 거다.

나와 남편의 상견례는 결혼을 한 계절 앞두고 진행되었다. 남편은 두 형의 상견례를 이미 경험했음에도 상견례 자리가 처음인 나보다 더 긴장하는 듯 보였다. 인터넷에 검색해 보니 사람들은 상견례 선물을 준비하기도 하고, 현수막을 만들어 식당에 걸어 두기도 했다. 우리도 양가 식구들이 처음으로 한데 모이는 특별한 자리인 만큼 어떻게 하면 좋은 분위기를 만들 수 있을지 고민했다. 그리고 마음을 담은 카드를 써 보기로 했다.

안녕하세요?
오늘 양가 가족이 만나 인사 나누는 의미 있는 자리에
귀하게 발걸음해 주셔서 감사합니다.
서로 다른 배경에서 자라 왔지만 훌륭한 부모님,
멋진 형들과 동생이 꾸려 준 '가족'이라는 울타리는
저희 둘이 가장 자랑스러워하고
아끼는 공통점입니다.

부모님과 형, 동생이 만들어 주신 '가족'이란 울타리를
본보기 삼아 자랑스럽고 늘 아끼는 가정을
만들어 가겠습니다.
그 첫걸음인 오늘의 자리를 기억하고

잘살아 보고 싶습니다.

항상 감사합니다. 존경합니다.

그리고 사랑합니다.

카드에 각자 어릴 때 찍은 가족사진도 출력해서 붙여 넣었다. 어색함을 녹일 달콤한 구움 과자까지 준비했다. 식당에 식구들이 하나, 둘 도착했다.

"그래, 먼저 쭉 소개해 보거라."

상견례 유경험자인 아버님께서 남편에게 가족 소개를 하도록 했다. 남편이 일어나서 식구들을 소개하고, 이어 나도 준비한 편지를 읽었다. 여러 사람 앞에서 발표하는 것에 담담한 편인데 그날은 구연동화 대회에 나가 최선을 다하는 어린이가 된 듯했다. 편지까지 너무 오버했나, 싶은 생각이 잠시 스쳤다. 어색함을 힘들어하는 나는 아마 카카오톡 기본 이모티콘의 첫 번째 스마일 얼굴이었을 것이다. 웃는 것 같지만 과연 영혼이 담겨 있나 싶은 그 표정 말이다. 그때, 아버님께서 무언가 주섬주섬 꺼내셨다.

김OO 믿음의 맏이

이OO 하나님 중심

Joy(조) 유나 모두의 기쁨

미녀 삼총사

그분 앞에 나를 살아

한 몸 부부 되어

셋이 하나 이루라

친정아버지 같은 시아버지가 되기를 소망하며 적다

아버님께서 준비해 오신 시 한 편이었다. 남편은 삼형제 중 막내이다. 아버님의 시는 나를 포함한 세 며느리를 주제로 쓴 것이었다. 두 며느리에 대한 애정과 나에 대한 환영의 마음이 고스란히 전해졌다. 무엇보다 나와 아버님은 상견례 자리에서 낭송을 한 짝꿍이 되었다. 어색함이 한결 덜어졌다.

긴장한 듯 식사하시던 부모님과 남동생도 조금은 편안해진 모습이었다. 이후 간간이 남편의 작은형이 갈비찜, 나물, 굴비 등 밑반찬에 스포트라이트를 쏴 주었다. "와, 이거 나물이 아주 기가 막힌대요?"라며 특출나지 않은 반찬마저 무대로 끌어올려서 어색한 공백을 메꾸어 주었다. 알고 보니 남편과 작은형 사이에 분위기를 띄우라는 암묵적 협약이 있었다고 한다. 어쨌든 참 감사한 마음이 들었다.

"다음은 저의 생일 케이크 커팅이 있겠습니다."

스무 살부터 독립한 남편은 가족과 생일을 축하해 온

안녕하세요?

오늘 가족이 만나 인사 나누는 의미있는 자리에
귀한 발걸음 해주셔서 감사합니다!

서로 다른 배경에서 자라 온 저희 둘 이지만
훌륭하신 부모님 멋진 형들과 동생이 꾸려주신 '가족'이라는 울타리는
저희 둘이 가장 사랑스러워하고 아끼는 공통점입니다.

부모님과 형, 동생이 만들어주신 울타리처럼
사랑스럽고 늘 아끼는 '가족'을 만들어 가겠습니다.
그 첫걸음인 오늘의 자리를 기억하고 잘 살아보겠습니다.

항상 감사합니다. 존경합니다.
그리고 사랑합니다!

2023년 11월 5일
유나 성현 올림

지가 꽤 되었다. 곧 있을 남편의 생일을 함께 축하하며 노래를 부르고 치즈케이크를 맛있게 나누어 먹었다. 그렇게 상견례 자리가 마무리되었다. 시간이 어떻게 흘러갔는지 모를 지경이었다. 그래도 남편은 우리 부모님을 몇 번 뵈었다고, 얼굴을 마주하니 참 안심이 되었다고 했다. 엄마도 집에 돌아오자 "집이 이렇게 좋았나?"라며 긴장을 푸셨다. 그제야 밥도 맛있고 사돈 어르신들도 참 다정하셔서 보기 좋았다고 말씀하셨다.

돌이켜보면 상견례는 마치 데뷔 무대 같았다. 우리 둘이 예비부부로서 가장 가까운 사람들에게 인사드리는 첫 자리였다. 그렇지만 시작점에 모든 신경을 곤두세우지 않아도 되었다. 처음이 다가 아니라 차차 관계를 만들어 가면 되기 때문이다. 상견례를 다 마친 지금에야 긴장하지 않아도 됐었다며 작은 허세를 부리지만, 다시 돌아간다면 아마도 똑같이 몸에 힘을 잔뜩 주었을 것이다. 그런데 우리가 능숙하고 여유로웠으면 그것도 이상했을 것 같다. 남편과 나의 짙은 긴장감, 자식을 결혼시

키는 부모님의 애틋함, 두 가족이 좋은 인연을 맺길 바라는 가족들의 간절함 등 모두의 떨리는 마음이 상견례 자리에 의미를 더해 주었다. 나의 새로운 여정을 온 마음으로 응원하며 모두가 떨렸던 데뷔 무대. 우리 가족들이 있어 든든했던 첫 단추, 첫 무대의 모습을 오래도록 간직할 것이다.

상견례를 앞둔 두 사람의 마음은 어떤가요?

부모님과 가족은 어떤 마음이라고 하나요?

상견례 자리에서 어색함을 덜고 좋은 분위기로 만들기 위해 어떤 아이디어가 있을까요?

벌써 그리운 친정집

'나중에 집에 가고 싶으면 어떡하지?'

결혼 전 불쑥 걱정이 들었다. 결혼하고 나서 아빠, 엄마가 보고 싶으면 어떡하지? 이 생각을 하니 친정집에서의 추억이 떠오르며 감정이 증폭되었다. 먼일이라고 생각했던 결혼이 다가올수록 마음이 롤러코스터를 탄 것처럼 자주 오르락내리락했다. 임신 기간에 감정의 진폭을 이해해 주듯, 결혼 준비 기간도 같은 맥락에서 바라보아야 하지 않나 싶다. 신혼 생활이 기대되면서도 다른 한편으로는 부모님과 한집에서 사는 시간에 유통 기한이 찍힌 듯 아쉬운 마음이 들었다.

> 아련함은 슬픔일까?
>
> '돌아갈 수 없음'이라는 답이 슬픔이지.
>
> 아련함은 행복일까?
>
> '기억할 수 있음'이라는 답이 행복이지.

결혼한 뒤 읽은 『내일도 목련하렴』(임예원 저, 미다스북스) 속 구절로 그 당시 나의 들쑥날쑥한 감정이 보듬어졌다. 슬프기도 하고 행복하기도 한 '아련함'이라는 감정이었구나. 늘 독립하겠다는 말을 입에 달고 살았는데, 막상 그 순간이 찾아오니 그리울 것들이 잔뜩이었다. 아침에 일어나면 "사과 깎아 줄까? 아니면 스무디 갈아 줄까?"라고 다정히 물어보시던 엄마, 출근길에 역까지 바래다주시던 아빠, 아침저녁으로 부지런히 축구 하러 다니던 동생의 분주함까지. 퇴근해서 집에 돌아오면 스트레칭 하며 TV를 보는 엄마와 침대에서 책을 읽는 아빠의 모습을 보는 게 자연스러웠다. 새로운 삶으로 나아가는 것이 설레면서도, 한편으로 익숙한 풍경 안에 머무르고 싶기도 했다.

"추앙해!"

결혼 전 어느 날, 드라마 「나의 해방 일지」에 빠진 엄마가 주인공의 대사를 건넸다.

"나도 엄마를 추앙해!"

"넌 결혼하면 시간 날 때, 생각날 때 날 추앙해."

엄마가 벌써 선을 긋는 건가? 나는 떨어져 살 생각만으로도 아쉬운데 시간 날 때 추앙하라니. 언젠가 누군가의 결혼식에서 들었던 주례사가 떠올랐다. 결혼하면 뒤도 옆도 돌아보지 말고 두 사람이 잘 사는 데에 온 마음을 다하라는 말씀이었다. 그 말이 처음엔 의아했다. 조금은 매정하게 느껴지기도 했다. 그러나 곰곰이 생각해 보니, 두 사람이 독립해서 잘 살아가는 것이 결국 모두가 마음 놓을 수 있는 넓은 의미의 행복이기에 그런 말씀을 하셨을 것이다. 엄마도 내가 결혼하면 그저 행복하게 잘 살기를 무엇보다 바랄 것이다. 그렇게 엄마의 마음을 헤아려 보니 아련함이 한층 짙어졌다.

결혼 전 엄마와 떠난 가을 여행. 처음으로 불멍을 같이 했다.

"엄마, 이따가 여기 앞에서 불멍 하자. 장작이랑 다 있어."

"불멍이 뭐야?"

"장작에 불붙이고 타는 것을 멍하니 보는 거야. 불을 멍하니 보는 것, 불멍."

"뭐 그런 걸 해?"

시큰둥했던 엄마는 장작에 불이 붙고 점차 불씨가 옮겨 가는 걸 보더니 손뼉까지 치며 좋아했다. 주황색, 노란색, 파란색 불길이 서로 뽐내듯 신비롭게 흔들거렸다. 가만히 바라보았다. 마냥 타오르기만 할 것 같던 불은 점점 몸집을 줄여 갔다. 불씨가 작아질 때 입으로 바람을 불면 불씨 조각이 선명해지고 흐려지기를 반복했다. 나중에는 주황색을 머금은 불씨가 꼭 보석같이 탐이 났다.

'결혼은 내가 모르는, 또 엄마도 모르는 아름다운 순

간들을 만날 수 있는 일이겠다.'

이미 많은 것을 안다고 생각했지만, 엄마와 나는 불멍이라는 새로운 경험을 함께 했다. 마찬가지로 결혼이라는 인생의 챕터도 우리에게 처음 만나는 아름다운 순간들을 가져다줄 것이다.

결혼이 지금 생활의 끝이 아니라, 이것에 '더하여' 삶이 풍요로워지는 지점이라고 믿는다. 원가족과 "안녕, 잘 지내!" 하고 이별하는 것이 아니라 가족 대 가족으로 새롭게 만나 "안녕! 잘 지내자!"라고 할 수 있는 시작으로 바라본다. 결혼 전부터 그립기 시작한 친정집. 아련함이라는 감정을 지니고 나의 가정을 꾸리는 여정을 출발한다. 이 출발점에 서기까지 그저 든든하게 지켜봐 주신 부모님의 어마어마한 사랑을 더욱 크게 느낀 결혼 준비 과정이었다.

사랑하고 감사하다는 말로는 부족하다.

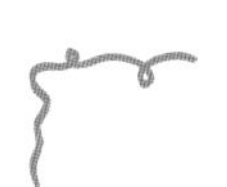

나중에 우리 가족을 생각하면 어떤 게 떠오를 것 같나요? 결혼 전 모습 중에서 기억에 남을 장면은 무엇인가요?

결혼 전 부모님과 어떻게 시간을 보내고 있나요?

인생의 새로운 장 앞에서, 지금의 마음은 어떤가요?

Q&A

결혼 준비 예산을 어떻게 현명하게 계획할 수 있을까요? 주요 항목별로 어떻게 분배해야 할지 궁금합니다.

"결혼 비용, 그래서 얼마나 드나요?" 아마도 결혼을 앞두고 있다면 현실적으로 얼마만큼의 비용이 드는지가 가장 궁금할 겁니다. 붕어빵 4개에 2천 원처럼 암묵적으로 합의된 시세가 있으면 좋겠지만, 결혼 비용은 결혼식 규모, 개인의 선호와 선택에 따라 크게 달라집니다. 쓰기 나름, 아끼기 나름이라고 할 수 있지요. 정해진 평균을 가늠하기는 어려워도 주요 항목별로 나누어 예산을 살펴볼 수 있는데요. 제가 결혼을 준비하며 들었던 비용을 정리해 보면 오른쪽 표와 같습니다.

이 중 무조건 해야 하는 것은 없어요. 평균적인 내용을 참고하되, 모든 항목을 그대로 따라가기보다는 두 사람의 기준과 가치관을 바탕으로 우선순위를 정해 예산을 계획하고 소비하는 것이 중요하죠. 예를 들어 저와 남편의 소비 기준 중에는 '일회성'과 '지속성'이 있었습니다. 결혼식 '행사'와 관련된 부분은 '일회적'이라고 생각하여 가성비를 우선

구분	세부 항목	금액(대략)	참고 사항
결혼식	예식장 대관료	2,500,000원	* 시즌, 시간대, 보증 인원에 따라 상이 * 비수기(1, 2, 7, 8월) 및 저녁 예식이 비교적 저렴
	식대	50,000원 (1인당)	* 예상 하객 수에 따라 변동 * 당일 축의금으로 일부 또는 전액 상쇄 가능
	청첩장	300,000원	* 기본 예산에 맞춰 깔끔한 디자인 선택 * 청첩장 모임을 고려해 여유 있게 구매
	드레스, 메이크업	1,200,000원	* 플래너에게 예산대를 전달하고 그 안에서 업체 선택 * 스튜디오 사진 생략, 드레스+메이크업 패키지 구매 * 메이크업은 보통 신랑, 신부 모두 포함 * 스튜디오 사진 포함 시 추가 비용 발생 (앨범 사진 추가, 헤어 변형, 스튜디오 촬영 헬퍼 비용 등)
	신부 2부 정장	150,000원	* 정장 투피스 구입 * 식후 중고 거래 판매
	헬퍼	200,000원	* 본식 당일 드레스 헬퍼 비용(필수)
	드레스 투어	150,000원	* 숍 한 곳당 50,000원 지출 * 숍 투어 없이 한 곳을 바로 선택 시 투어비 절감 및 할인 등 혜택 제공
	신랑 예복, 구두	1,200,000원	* 아울렛에서 구매 * 추후 활용도 높은 제품으로 선택
	아버지, 동생 정장	1,500,000원	
	혼주 한복	300,000원	* 신랑 측 어머님 한복 보유. 그에 맞춰 신부 측 어머니 한복만 대여
	가족 메이크업	500,000원	* 결혼식장 근처 동선 및 주차가 편리한 메이크업 숍에 가족 5인 예약 * 양가 부모님 혼주 메이크업은 예식장 내 메이크업 숍 서비스 이용

웨딩 촬영	야외 스냅	300,000원	* 스튜디오 대신 야외 공원 1시간 촬영 선택 * 공원 인근 숍 메이크업 비용 포함(100,000원)
	사진 인화	35,000원	* A2 사이즈 사진 1장, 4x6 사이즈 사진 7장 인화 * A2 사이즈 액자 구입(20,000원) * 사진 인화 및 앨범 구입 추가 비용 없음
	본식 사진, 영상	1,250,000원	* 사진 중심으로 구성: 본식 사진 1,000,000원, 영상 250,000원 계약 * 본식 사진은 앨범 없이 데이터 파일로 수령(앨범 추가 시 별도 비용 발생) * 영상 촬영은 기록 및 소장 용도로 편집 없이 기본 녹화본을 제공하는 가성비 업체와 계약
신혼 여행	항공권, 숙박, 경비	4,000,000원	* 삿포로 4박 5일 일정 * 조기 예약 시 여유롭고 저렴하게 준비 가능
신혼 집	전세, 월세, 매매에 따름	–	* 지역 및 거주 형태(전세, 월세 등) 우선 결정 * 4~6개월 전에 급매물 검색 추천 * 정부 버팀목 전세 대출 등 가능한 대출 제도 활용 권장
혼수	가구, 가전, 침구류	10,000,000원	* 필수 품목과 선택 품목을 구분해 예산 계획 수립 * 계절 할인 및 프로모션 적극 활용 * 냉장고, 세탁기, 건조기, 침대 등 필수 가전·가구 구입
예물	결혼 반지	1,200,000원	* 종로 금은방에서 결혼반지만 구매 * 그 외 예물(가방, 시계 등) 및 예단 생략
기타	청첩장 모임 식사	1,000,000원	* 지인들이 함께 모이기 좋은 장소에서 식사하며 전달 * 식사가 어려운 경우 구움 과자 등과 함께 전달
	마사지	1,000,000원	* 직장 근처 마사지 숍 20회 이용(어깨, 등, 얼굴) * 결혼 준비 과정 중 만족도가 높았던 소비
	답례품	1,000,000원	* 직장 근처 구움 과자 업체에서 예약 주문

시했습니다. 예식장은 서울보다 수도권 근교, 특히 친정 근처에 위치한 곳이 더 합리적인 선택이었습니다. 스드메(스튜디오, 드레스, 메이크업) 역시 추가 비용을 지양하고, 합리적인 범위 내에서 예산을 사용하려고 했습니다. 스튜디오 사진은 꼭 필요하지 않다고 생각했기에 과감히 생략하고, 그 대신 한 시간 정도 거리의 야외에서 스냅 사진을 촬영해 시간과 비용을 아꼈습니다.

요즘은 예단, 예물, 폐백 등을 경제적 상황과 가치관에 따라 생략하거나 간소화하는 경우도 많아지고 있습니다. 중요한 것은 관습보다 양가의 상황에 맞는 실질적이고 합리적인 준비이지요. 저와 남편은 예단, 예물, 폐백 모두 필수가 아니라고 생각했기에 생략했습니다. 이것을 생략하겠노라 말씀드리자 양가 부모님께서도 저희 두 사람이 우선순위를 바탕으로 잘 계획한 것이라 믿고 흔쾌히 지지해 주셨답니다.

반면, 신혼집이나 혼수처럼 오랜 시간 사용하는 '지속적인' 부분에는 상대적으로 더 많은 신경을 썼습니다. 신혼집의 경우 두 사람이 공통으로 마음에 들어 하는 위치와 공간을 선택하기 위해 시간과 에너지를 쏟았습니다.

혼수는 결혼하는 두 사람이 예산과 공간에 맞춰 함께 선택하고 준비하면 됩니다. 냉장고, 세탁기 같은 필수 가전과 침대, 소파 같은 주요 가구를 우선순위로 다양한 제품을 비교하며 최적의 선택을 할 수 있습니다.

신랑 예복은 한 번 입을 턱시도를 맞추기보다 결혼식 후에도 입을 수 있는 깔끔한 정장을 구입했습니다. 아울렛에 가면 다양한 브랜드의 질 좋은 제품들이 많기에 합리적인 선택을 할 수 있었습니다.

이 외에도 결혼식 답례품은 일회성 소비처럼 보일 수 있지만, 감사한 마음을 담아 품질 좋은 물건을 선물하는 것을 우선으로 생각했습니다.

요즘 결혼을 준비하는 부부들은 전통적인 방식에서 벗어나 자신만의 가치와 삶의 방향을 반영한 다양한 선택을 하고 있습니다. 결혼식 비용을 줄이는 대신 함께 유학이나 장기 여행을 떠나 새로운 문화를 경험하며 서로를 깊이 이해하거나, 창업에 투자해 함께 도전과 성취의 길을 걷기도 하지요. 또한 결혼의 기쁨을 나누기 위해 기부를 실천하거나 가족과의 소규모 여행으로 소중한 추억을 만드는 등 두 사람만의 방식으로 결혼을 더욱 뜻깊게 만들어 가는 사례도 있습니다.

이처럼 결혼 준비는 정해진 틀에 얽매인 행사가 아닙니다. 사람들의 평균적인 소비를 참고는 하되 두 사람이 결혼식이라는 첫 단추를 꿰고 어떤 삶을 살아가고 싶은지 깊이 고민하고 그에 맞는 방식을 선택하는 것이 무엇보다 중요합니다. 결혼식 예산 사용은 두 사람의 삶을 구체화하는 중요한 과정이므로, 단순한 소비로 끝나기보다는 뿌듯함과 만족감으로 이어지길 바랍니다.

첫 보금자리인 신혼집을 구할 때, 어떤 유의 사항이 있을까요?

결혼식은 단 하루의 행사인 반면, 두 사람의 신혼 생활은 결혼 후 쭉 이어지는 여정입니다. 그래서 결혼식 못지않게 신혼집을 구하는 데도 에너지와 노력을 들일 필요가 있지요. 신혼집을 본격적으로 마련하기 위해 부동산부터 찾기보다 선행되어야 할 것이 있습니다. 어떤 곳에 사는 것이 좋을지, 사람들이 선호하는 지역은 어디인지 등에 대한 이해의 폭을 넓히는 과정입니다. 예를 들어, 부동산 관련 서적은 꼭 투자 목적이 아니더라도 사람들에게 인기 있는 거주지를 이해하는 데 도움이 될 수 있어요. 저희는 부동산 입문서로 『운명을 바꾸는 부동산 투자 수업』(정태익 저, 리더스북), 『입지 센스』(박성혜 저, 다산북스)와 같은 책을 함께 읽어 보고 신혼집을 선택했습니다.

또 좋은 입지의 기준으로 여러 책에서 역세권, 학군, 직주 근접, 생활 인프라 등을 말할 때, 『우리는 어디서 살아야 하는가』(김시덕 저, 포레스트북스)와 같은 책을 통해 안보와 건강 등의 관점에서 '살기 좋은 곳'을 찾는 안목을 가질 수 있었습니다. 이렇듯 '거주'에 관한 전반적인 배경 지식을 쌓고 신혼집을 선택하면 보이는 폭이 한결 넓어질 겁니다.

집과 거주에 대한 이해도를 높였다면 신혼집에 들일 예산을 정합니다. 보증금, 월세 또는 전세 비용과 더불어 관리비, 중개 수수료 같은 추가 비용까지 세세히 따져 보는 과정입니다. 두 사람이 모은 돈 외에 신혼부부를 위한 정부 지원 정책, 행복주택, 전세자금 대출 등 활용할 수 있는 제도에 대해서도 적극적으로 알아보아야 합니다. 중요한 결정인 만큼 신중하게 고심하고, 다양한 정보를 찾아봐야 해요. 저와 남편의 경우, 처음부터 무리하기보다는 조금 더 공부하고 자산을 모아 적절한 기회에 좋은 입지의 집을 매매하는 것을 목표로 삼았습니다. 그 과정에서 정부의 버팀목 전세자금 대출 제도를 활용해 신혼집을 계약하기로 했습니다.

저희는 전세 거주를 선택했기에, 5년 동안 신혼의 삶에 가장 적합한 거주 조건에 집중했어요. 직장과의 거리, 지하철역과의 거리, 생활 편의 시설 등을 우선적으로 고려했습니다. 이러한 우선순위를 조율한 뒤에는 직접 부동산을 방문해 집을 찾아다녔습니다. 신혼집 마련은 발품과 손품을 팔아야 하는 작업입니다. 같은 단지라도 채광, 환기, 소음 문제 등이 다 다르니 직접 확인하는 것이 좋습니다. 집을 보러 다닌다고 해서 바로 계약으로 이어지는 건 아니기 때문에 지칠 수도 있습니다. 하지만 집을 직접 둘러보면서 어떤 점을 포기할 수 있을지, 무엇을 중시해야 할지 의견을 좁힐 수 있었습니다. 열심히 다니다 보니 고려할 점과 보이는 부분이 점차 늘어났습니다. 덕분에 관심 있게 살펴보던 지역의 급매물이 나왔을 때 공부해 두었던 내용을 바탕으로 바로 결정할 수 있었습니다. 부동산 계약이 처음이었기에, 특약 사항과 숨겨진 비용을 철저히 검토하고 신중하게 계약을 마무리했습니다.

집을 마련한 후에도 인테리어라는 또 다른 숙제가 남았지만, 집이라는 큰 산을 넘었기에 한결 마음 편히 준비할 수 있었습니다. 실용성을 고려해 꼭 필요한 것부터 차근차근 채워 갔고, 다기능 가구나 수납형 침대, 접이식 식탁 등으로 좁은 공간을 효율적으로 활용했습니다. '남들은 이렇게 한다더라', '이런 것이 인기 제품이더라' 같은 외부 기준에 얽매이기보다 서로 충분히 대화하며 두 사람의 선택을 우선으로 고려하는 것도 도움이 되었어요. 신혼부부에게 인기가 많다는 식기세척기의 경우, 2인 가구인 저희는 설거지 정도는 둘이서 충분히 할 수 있다고 생각해 구입하지 않았습니다. TV도 두 사람 모두 불필요하다고 생각해 두지 않았습니다. 어느 것 하나 아쉽지 않고 만족스러운 선택이었습니다.

'완벽함'은 더 추가하는 것이 아니라 더 이상 뺄 것이 없을 때 완성된다는 말이 있지요. 인테리어를 할 때도 하나라도 더 두려 하기보다는 불필요한 것을 줄이겠다는 태도를 갖는 것이 좋은 방법입니다. 저와 남편은 신혼집을 꾸미는 과정에서 작은 결정을 내릴 때마다 우리의 공간이 점차 완성되어 간다는 사실에 감사함을 느꼈습니다. 이처럼 두 사람이 함께 내린 결정으로 신혼집이 정돈될수록 공간에 대한 애정은 더욱 깊어질 겁니다.

결혼 준비 과정에서 상대방과 복잡한 이야기를 나눌 때 힘이 듭니다. 어떻게 해야 할까요?

> "넌 지금 계속해서 추상어만 쓰고 있어. '행복'이니 '자아'니 '불안'이니……. 돈 관리는 누가 할지, 육아는 어떡할지, 스드메 할지 말지, 이런 구체어를 써서 상의하고 고민하고 싸우기도 하란 말이야. 지금부터가 진짜야. 오케이?"

책 『하면 좋습니까?』(미깡 저, 위즈덤하우스)의 한 부분입니다. 결혼 준비는 결정할 것이 많아 골치 아프지만, 겁먹기보다 팔을 걷어붙이고 뛰어드는 자세가 필요합니다. '사랑'과 '미래' 같은 추상적인 단어들은 우리가 같은 방향을 바라보고 있음을 느끼게 해 줍니다. 상견례, 예식장, 신혼집, 돈 관리 같은 구체적인 단어들은 그 방향으로 나아가게 하는 발걸음이 되어 주고요.

빠르게 결론이 나지 않는 문제는 어렵습니다. 저도 신혼집을 구할 때 머릿속이 얼마나 복잡했는지 모릅니다. 예산과 지역 선택 문제로 대화할 때마다 진이 빠지곤 했지요. 때로는 '나만 이렇게 애쓰고 있는 건 아닐까?' 싶어 서운함이 밀려오기도 했습니다. 하지만 되돌아보면 그 모든 과정이 꼭 필요했던 시간이었어요. 돈 관리를 어떻게 하고 앞으로 어떻게 모을지, 자녀가 생긴다면 어떤 환경에서 살고 싶은지 등 서로의 현재와 미래에 대해 충분히 이야기할 수 있었으니까요.

어려운 과정일수록 그 너머에 진정한 가치가 있다고 생각합니다. 추상어를 바탕으로 서로의 마음을 나누고, 구체적인 논의를 통해 우리가 꿈꾸는 미래를 현재로 조금씩 옮겨 올 수 있습니다. 귀찮고 바쁘더라도 구체어로 우리의 이야기를 나누어 보세요. 나누는 이야기에 정답이란 없습니다. 남들이 한다고 예식장을 여러 곳 다니며 조명과 세세한 디테일을 다 살펴볼 필요는 없지요. 액세서리가 부담스러워 결혼반지조차 생략하는 커플도 있고, 긴 신혼여행 대신 주말 호캉스를 여러 번 누리는 커플도 있습니다.

결혼을 준비하며 한 걸음, 두 걸음씩 '우리'의 이야기를 충분히 나누어 간다면 그것이 두 사람이 기쁘게 걸어갈 인생길이 될 것입니다.

결혼은 어떤 나침반도

항로를 발견한 적 없는

거친 바다이다.

_ 하인리히 하이네

3장

신랑 신부 입장!

너의 결혼식

전주 근교의 한 카페는 이른 아침부터 결혼식을 준비하는 손길로 분주했다. 기다란 창문부터 작은 창까지 활짝 열려 싱그러운 바람이 스며들었다. 정원은 사장님이 미리 물을 뿌려 둔 덕분인지 윤기 나는 초록으로 반짝였다. 곳곳에 햇빛을 가릴 부채가 놓였고, 신랑과 신부가 정성스레 대접한 커피가 하객들 손에 들려 있었다. 어르신들도 장난스러운 표정으로 스티커 사진을 찍으며 곳곳에서 웃음을 터트렸다. 놀이공원에 다녀온 날 몸과 마음이 꿈틀거리듯, 그날의 여운이 한동안 이어졌다. 친구에게 편지를 적으며 처음으로 눈물이 났던, 가장 친한 친구의 결혼식이었다.

지현! 결혼식인 오늘, 기분이 어때?

기억나? 고등학교 새 학기 때 네가 초콜릿을 잔뜩 챙겨 주었잖아. 마치 엄마처럼 내가 친구들한테 초콜릿을 나누며 사이좋게 어울리길 바란 것 같아 웃음이 나. 오늘은 반대로 내가 그 역할을 해야 할 것 같아. 너의 새로운 시작이 어느 날보다 화사하길, 사람들 앞에서 가장 아름답고 멋진 신부가 되길 온 마음으로 응원하고 싶어. 마음으로 벌써 양손 가득 초콜릿 한 움큼씩 쥐여 주었어.

우리 참 자주 언제, 누구와 결혼하게 될지 얘기 나누곤 했었지. 그런데 네 결혼식으로 먼저 그 베일이 벗겨지게 되었어. 너라는 보물을 귀신같이 알아보고 아내로 맞이한 네 남편분, 오늘만큼은 세상에서 가장 부럽다! 너는 항상 주변 사람들의 좋은 점을 크게 보고, 부족한 부분은 귀엽게 감싸 주잖아. "와 역시 조유나, 네가 최고다", "크크크. 또 얼굴 꾸깃거리고 울었겠네?"라고 말하며 나의 어떤 면이든 그대로 보듬어 주는 네가 있어서 난 참 든든해. 이제는 네가 꾸릴 가정이 그 다정한 보살핌과 응원을 듬뿍 받게 될 거라 생각하니 뿌듯하고 기뻐.

네 10대와 20대 추억 저장소의 최대 주주인 네가 결혼하는 오늘, 그 시절 우리가 함께한 희로애락이 머릿속을 스친다. 다 오늘같이 기쁜 날로 연결되려고 울기도, 웃기도 했나 보다.

새해 첫날 함께 서울 보신각 타종을 보고 시청 앞 광장에서 신나게 춤춘 그날처럼, 네 모습 그대로 자유롭고 즐거운 결혼 생활을 만들어 가길 바라. 직장에서 일이 힘들어 엉엉 울며 속상한 심정을 토로하다가도, 맛있는 음식 한입에 "근데 이거 뭐야?" 하고 다시금 깔깔깔 웃던 그날처럼, 결혼 생활의 힘듦을 후루루 유쾌하게 넘길 수 있기를 바라. 우리가 함께 간 첫 해외여행 마지막 날, 너 혼자 부지런히 일어나 기념품 가게에서 엽서를 챙겨 주던 그날처럼, 세심하고 알뜰살뜰한 가정을 꾸려 가길 바라.

지현! 지금 너의 그 모습 그대로, 앞으로 결혼 생활 또한 사랑스러움과 지혜로움이 듬뿍 묻어나길 바랄게. 결혼했다고 남편만 찾지 말고! 너의 결혼이라는 별 곁에 언제나 위성처럼 윙윙 함께할 테니 기쁠 때나 슬플 때나 언제든 찾아 줘. 오늘 반짝반짝 빛날 내 친구, 결혼을 진심으로 축하해!

편지를 쓰며 눈물이 핑 돌았다. 친구가 정말 좋은 사람을 만나 새로운 시작을 하는 것에 대한 기쁨, 어쩌면 이전보다 자주 못 볼 것 같다는 아쉬움, 친구의 부모님 마음에 아바타처럼 연동되어 느끼는 애틋함 등 말 그대로 만감이 교차했다. 가장 친한 친구의 결혼식에 온 마음으로 참석했기 때문일까? 일 년 뒤 내 결혼식에서는 오히려 덤덤할 수 있었다.

고등학교 1학년, 2학년, 3학년. 대학교 1학년, 2학년……. 우리는 함께 인생의 단계를 밟아 오다 어느 시점부터는 각자의 속도와 모양으로 삶을 살고 있었다. 그러다 비슷한 시점에 결혼을 하니 마치 학창 시절 같은

반에 배정되어 짝짜꿍 손뼉을 마주치는 듯한 기분이었다. 결혼하고 나서는 다시 각자의 위치에서 열심히 살아갈 것이다. 서로가 든든한 위성으로 빛이 되어 주며, 언제 만나더라도 결혼 전처럼 철없이 시시덕거리고 싶다.

결혼 전 친구와 가장 많이 나누었던 이야기는 무엇인가요? 결혼 후에는 어떤 이야기를 나누게 될까요?

단짝 친구가 결혼했을 때 기분이 어땠나요? 친구의 결혼식에서 감동적인 순간은 언제였나요?

결혼하는 친구에게 꼭 전하고 싶은 말은 무엇인가요?

당신만의 스드메

고등학교 졸업 사진 속 내 윗입술은 새부리처럼 잔뜩 부풀어 있다. 입술에 '이게 뭐야?' 싶을 정도로 큰 물집이 생겼기 때문이다. 사진을 찍는다고 삼 일간 급격히 식사량을 줄였는데, 평소 야식까지 야무지게 챙겨 먹던 몸이 깜짝 놀란 것 같다. 그게 아니라면 사진 찍기 전날 입술이 건조해서 꿀을 듬뿍 바르고 잠든 탓에 단내의 유혹을 맡은 벌레에게 물린 건 아닐까, 추측할 뿐이다. 어떻든 예쁜 사진을 남기고 싶었던 내 마음과 상관없이 새부리 졸업 사진이 남았다. 졸업 사진 징크스 탓인지 대학교 졸업 앨범에는 진한 눈 화장을 한 너구리 한 마리가 남았다. 딱 결론 났다. 날을 정해 각을 잡고 사진을 찍으면 망한다.

결혼을 준비하며 난제에 빠졌다. 시간과 장소를 정해 예쁜 사진을 찍어야 한다는 것. 결혼 준비의 핵심이라 할 수 있는 '스드메(스튜디오, 드레스, 메이크업의 줄임말)'에서 당당히 첫 글자를 차지하는 바로 스튜디오 사진이었다. 그 옛날, 엄마는 결혼식 당일 경복궁에 들러 사진을 찍고 식장으로 갔다고 했다. 사실 결혼식 날 한 번에 다 끝낼 수도 있지만 요즘 트렌드는 다르다. 보통 하루를 잡아 드레스며 머리 스타일을 여러 번 바꿔 가며 사진을 찍는다. 그리고 그 사진은 청첩장에 실리거나 결혼식 날 예식장 곳곳에서 하객을 맞이하며 축하 분위기에 일조하는 중요한 역할을 하게 된다. 경험상 스튜디오 사진은 별로 끌리지 않았다. 사진 딜레마를 피할 수 있을까 걱정도 되었다. 그런데 주변에서는 언제 또 이렇게 드레스를 입고 메이크업을 받은 채 사진을 찍겠느냐고 했다.

다시없을 공주 놀이니 원하는 대로 다 해보라고 말이다.

결혼을 준비하다 보면 이런 일들이 많다. 남들이 대부분 하는 것, 좋다고 하는 것이 하나의 선택 기준이 된다. 선택하지 않으면 혹여나 남들보다 부족해 보이지 않을지, 좋은 것을 놓치는 것은 아닌지 조바심도 든다. 그렇기에 트렌드를 참고하되, 여러 가지 선택지 중 우리에게 중요한 것에 의미를 두어야 한다. 나와 남편은 둘 다 스튜디오에서 포즈를 잡고 사진을 찍는 것이 기대되기보다, 어색한 로봇이 될까 봐 걱정되었다. 게다가 결혼 준비 비용도 많이 드는데 오직 사진을 위해 큰돈을 쓰는 것도 부담스러웠다. 결국 우리는 스튜디오 사진을 찍지 않기로 했다.

하지만 스튜디오 사진이 아니더라도, 모바일 청첩장에 우리의 사진을 넣고 싶었다. 이왕이면 자연스러운 모습을 담고 싶었다. 두 사람이 대화하는 순간이라던가, 서로 활짝 웃고 있는 모습 등 의식하지 않고 찍힌 사진이 편하고 마음에 들었다. 우리는 주말 드라이브 겸 을

왕리 해수욕장에 가서 사진을 찍어 보기로 했다. 삼각대를 챙기고 남편은 평소 좋아하는 정장을, 나는 아이보리색 슬립 원피스를 입었다.

"유나야, 저 물 들어오면 우리 슬리퍼 떠내려갈 것 같은데."

"일단 셔터 누를게. 10초 타이머 있어! 간다!"

바닷가에 삼각대를 세워 두고 노는 듯 사진을 찍으니 그저 신났다. 해질녘의 노을도 한동안 넋 놓고 바라보았다. 나중에 우리가 찍은 사진을 보니 노을이 바다를 배경으로 선 우리 뒤에 분홍빛 아우라를 만들어 주었다. 한동안 출퇴근길에 바닷가 사진들을 여러 번 돌려 보았다.

'나, 사진 찍는 것 좋아하나?'

또 찍고 싶었다. 이렇게 남편과 즐겁게 찍는 사진이라면 징크스를 극복할 수 있을 것 같았다. 그런데 찍은 사진을 지인 선생님께 보여드리니, 결혼 선물로 사진을 찍어 주고 싶다고 하셨다. "야호!" 마음속으로 소리를 질렀다. 나를 잘 알고 우리의 이야기를 좋아하고 아껴 주는 분의 시선에서 찍힐 사진이 기대되었기 때문이다.

"자, 저쪽을 보며 쭉 뛰어갑니다!"

"번쩍 안고 한 바퀴!"

교관급에 버금가는 선생님의 지시를 따라 촉촉함을 머금은 여름 공원을 이리 뛰고 저리 뛰었다. 아무 생각 없이 뛰면 이렇게 기분이 좋다니. "자 이번엔 구릅니다, 실시!"라고 해도 당장 구를 것 같이 지시를 따르는 우리 모습에 웃음이 났다. 헤벌쭉 신난 강아지 두 마리 같은 우리가 한 장 한 장이 귀한 필름 카메라 사진 속에 담겼다.

그렇게 우리 스드메의 '스'는 스무드하게 넘어갔다. 스튜디오 촬영을 했으면 입만 따로 웃고 있는 사진을 받아 보고 난처했을지도 모른다. '남들 다 하니까'의 길을 벗어나더라도 '우리는 어떻게 할까'를 방향 삼으면 언제든 우리다운 풍경이 있는 곳에 다다를 것이다. 새부리 입술 사진의 두려움을 행복한 강아지 두 마리 사진이 품어 주었듯 말이다.

두 사람은 어떤 느낌의 사진을 좋아하나요? 가장 기억에 남는 사진은 무엇인가요?

결혼 준비 과정에서 우리 커플이 특별히 신경 쓰고 싶은 부분이 있다면 무엇인가요?

반면, 생략하고 싶은 부분은 무엇인가요?

돈 참 잘 썼다

곧 결혼을 앞둔 지인으로부터 '쿠키' 청첩장을 받았다. 네모난 쿠키에 신랑 신부의 이름과 결혼 날짜가 앙증맞게 적혀 있었다. 평소 환경 문제에 관심이 깊던 지인의 개성이 고스란히 묻어나는 제로 웨이스트 청첩장이었다. 결혼 소식과 더불어 특징적인 메시지를 전하는 것이 멋있었다. 동시에 궁금증이 발동했다.

'쿠키 하나에 얼마일까?'

결혼을 준비하다 보면 '그래서 돈이 얼마나 들까?' 하는 현실적인 궁금증이 늘 따라다닌다. 종종 비슷한 제품이나 서비스 사이에서 이색적인 것들이 마음을 사로잡는다. 내 눈에 예쁜 것은 남들에게도 마찬가지인지 그런 것들은 대개 값이 비싸다는 공통점이 있다. 그래서 예식장, 청첩장, 신혼여행 등을 선택할 때 보통의 가격 범위가 있을 것이라고 짐작하지만, 사실 가격 범위는 천차만별이다. 신랑과 신부가 쓰면 쓰는 만큼, 아끼면 아끼는 만큼의 돈이 든다. 두 사람이 소비의 우선순위에 대해 충분히 이야기 나누어야 하는 이유이다.

아마 쿠키 청첩장은 종이 한 장과 쿠키 하나의 차이만큼 값이 더 나갔을 것이다. 그렇다고 하더라도 그 소비에 '하객들에게 환경에 관한 메시지 전달'이라는 의미가 더해졌고, 신랑과 신부가 만족했다면 비싸지 않다고 느낄 수 있다. 가치를 어디에 두느냐에 따라 합리적인 소비의 기준은 바뀐다. 단, 소비의 의미를 찾지 못함에도 결혼식을 이유로 비용을 더 들이거나, 소비의 고삐를 잠시 풀어 버리는 것은 낭비가 아닐지 재고할 필요가 있다. '인생에 한 번뿐'이라는 수식어가 슈렉의 고양이 눈망울처럼 마음을 녹이고 선뜻 신용 카드를 꺼내게 만들기 때문이다.

나와 남편은 길어야 한 시간인 결혼식을 위한 정장, 드레스, 메이크업에 큰 비용을 들이고 싶지 않았다. 신랑과 신부는 유일한 주인공으로서 어떻든 멋지고 예쁠 것이기에, 그보다는 그 자리에 귀한 걸음을 해 주실 분들께 신경 쓰고 싶었다. 가족과 친구들, 결혼식에 축하의 마음을 보내준 분들께 우리의 마음을 표현할 기회라면 머릿속으로 계산기 두드리지 않고, 돈을 정말 잘 쓰고 싶었다. 그게 우리의 우선순위와 기준이었다.

"와, 아빠 인물이 사네!"

결혼식 날에 아빠가 입을 양복을 사러 간 것은 '이러려고 돈 벌지!' 싶던 흐뭇한 순간이었다. 처음 들어간 매장에서 입은 첫 양복이 기가 막히게 잘 어울려서 고민할 것도 없었다. 엄마도 나도, 어쩜 그렇게 맞춤이냐며 칭찬 일색이었다. 아빠도 좋아하시고, 나도 이런 돈이라면 더 쓰

고 싶다는 마음이 들어 기분 좋게 신용 카드를 긁었다. 딸이 결혼할 때 입는 양복의 의미가 얼마나 귀할까? 생각해 보면 부모님께 제대로 된 옷 한 벌 선물한 적이 손에 꼽을 정도였다. 진작에 이렇게 같이 가서 옷도 입어 보고, 멋진 옷도 사드리고 할걸. 대학교를 갓 졸업한 동생에게도 양복과 구두를 맞춰 주었다. 누나가 결혼할 때 맞춰 준 양복이라는 의미가 앞으로도 좋은 빛을 발하길 바라는 마음을 가득 담았다. 결혼을 이유 삼아 내가 아끼는 사람들을 챙길 때 마음이 부자가 된 듯했다.

"사진 작가님, 제가 정신이 없어 인사도 못 드렸네요. 오늘 애써 주셔서 감사합니다. 결혼식 유경험자인 작가님이 계셔서 든든했습니다."

"어머 신부님, 정신없으실 텐데 이렇게 챙겨 주셔서 감사합니다. 덕분에 밥도 맛있게 먹었습니다. 좋은 날 함께할 수 있어 행복했습니다!"

결혼식이 끝나고 감사를 표할 때 드는 비용은 미처 생각하지 못했던 것이지만, 감사 인사를 드리면서 비로소

결혼식이 매듭지어지는 기분이었다. 결혼식 곳곳에서 세심하게 챙겨 주신 사진 작가님, 영상 촬영 작가님, 드레스 헬퍼분께 꼭 식사하고 가시라며 식권을 봉투에 넣어 챙겨 드렸다. 결혼식에 축의로 축하의 마음을 전한 분들께는 감사 인사와 함께 작은 선물을 전했다. 책을 좋아하는 분께는 도서 상품권, 카페에서 시간 보내는 것을 좋아하는 분께는 커피 선물 쿠폰, 육아로 집 밖에 나가기 힘든 친구에게는 집에서 먹을 간식을 선물했다. 바로 만날 수 있는 분들은 좋아하는 과자점에서 구입한 따끈따끈한 구움 과자 상자를 전했다. 세상에서 가장 아름답고 우아한 부케를 만들어 주신 지인께도 그날 바로 인증 사진과 감사의 마음을 전하는 것을 잊지 않았다.

결혼식이라는 큰 행사를 치르며 그 자리를 빛내 준 한 분 한 분께 깊은 감사의 마음이 들었다. 인생에서 이 시기에 인연이 되어 곁에 있다는 소중함과, 앞으로 여러 날을 쭉 함께하고 싶은 바람으로 가슴이 뭉클했다.

누군가 우스갯소리로 결혼을 준비하다 보면 돈 쓰는 것에 감각이 무뎌진다고 했다. 아무래도 돈을 쓸 항목이 많고, 제법 단위가 큰 소비를 하다 보니 그런 것 같다. 그렇다고 해서 결혼과 관련된 모든 소비에 경계심을 가져야 하는 것은 아니다. 나는 이런 기회를 통해 주변 사람들에게 마음을 전할 수 있음이 다행스럽고 기뻤다. 진심을 담은 소비는 소모되지 않고 그 여운이 고스란히 남는다. 어떤 것이 남고 어떤 것이 단순하게 흘러갈 소비인지 먼저 고민한다면 돈을 쓰고도 "돈 참 잘 썼다!"라는 뿌듯함을 덤으로 얻을 수 있다.

결혼을 준비하며 어디에 가장 큰 비용을 들이고 있나요?

결혼 준비 과정에서 어떤 것에 돈을 아끼고 싶나요?

반면, 아깝지 않고 여운이 남는 소비는 어떤 것이 있을까요?

하객들과의 눈 맞춤

인생에서 내가 주인공이 되어 무대 위에 올라 본 적이 언제일까? 돌잔치 후로는 생각나는 게 없다. 그나마 돌잔치는 기억도 나지 않으니 그런 점에서 결혼식은 남편과 내가 주인공이 되는 손꼽히는 날이다. 앞에 앉아 계실 양가 부모님, 활짝 웃고 있을 친구들, 함께 사진 찍어 줄 친척분들이 모두 한곳에 모이는 상상 그 이상의 날이다. 나와 남편은 그 풍경에 직접 눈을 맞추고 마음을 전하고 싶었다. 하객들 각자의 인생 선이, 이제 막 새로운 발걸음을 떼는 우리를 응원해 주기 위해 잠시 한 점에서

교차한다. 그 운명적인 에너지에 힘입어 결혼식 당일 감사의 마음으로 마이크를 잡았다.

신부 안녕하세요. 오늘의 신부,

신랑 신부의 원 픽 신랑입니다.

신부 추운 날씨에도 저희의 결혼을 축복해 주고자 귀한 시간 함께해 주셔서 진심으로 감사드립니다.

신랑 오늘 저희를 보니 닮았다는 생각 드시나요? 저희도 가끔 깜짝 놀라곤 합니다.

신부 어떻게 오늘의 결혼식에 이르게 되었을까요? 저희의 짧은 이야기를 하객분들과 즐겁게 나누고자 합니다.

신랑 저희는 어느 봄날, 미술관 매표소 앞에서 만났습니다. 두꺼운 책을 들고 가벼운 발걸음으로 걸어오던 유나의 모습이 기억납니다.

신부 저는 가죽 구두에 가죽 재킷, 긴 머리, 저보다 눈이 큰 성현을 보고 깜짝 놀랐던 기억이 납니다.

신랑 함께 이야기를 나누며 '와. 좋은 친구가 되고 싶다'라고 생각했습니다.

신부 이후 성현은 하나도 안 웃기게 생겼는데 숨넘어갈 정도로 웃긴 사람, 매사에 다정한 사람, 본인의 일에 최선을 다하는 사람으로 매력을 발산하며 제 삶에 스며들었습니다.

신랑 이후 유나는 예쁜 줄만 알았는데 부지런하고, 실행력 있고, 건강한 마인드를 지닌 사람이었습니다. 유나만의 멋짐과 아름다움을 보며 계속 함께하고 싶다고 생각하게 되었습니다.

신부 자연스럽게 오늘 이 순간, 사랑의 눈빛으로 저희를 바라봐 주시는 하객분들 앞에서 결혼의 예를 갖추게 되었습니다.

신랑 귀한 발걸음을 해 주신 하객분들께 꼭 직접 마이크를 들고 감사의 마음을 전하고 싶었습니다.

신부 『결혼 생활, 기대 이상입니다』라는 책에서 결혼식은 두 사람의 인생이라는 긴 마라톤의 시작을 알리는 축제라고 하더군요. 몸은 화려한 웨딩드레스와 턱시도를 입었지만, 마음만은 운동화를 신고 출발점을 내딛는 마음으로 시작하겠습니다. 이 마라톤의 관문을 여기 계신 하객분들께서 빛내 주셨으니, 이제 그 앞길을 저희가 빛내어 잘 살도록 하겠습니다.

신랑 지금 이 자리에 서 보니 마치 콘서트 무대에 오른 가수가 된 듯합니다. 인생에 단 한 번뿐인, 감사하고도 행복한 멋진 풍경입니다. 오늘 눈에 담은 이 모습을 평생 기억하고 잘 살아가겠습니다. 진심으로 감사합니다!

신부 마지막으로 어엿한 부부가 되는 오늘 이 자리. 저희가 제일 존경하고 사랑하는 선배 부부이신 양가 부모님!

신랑 사랑합니다. 닮아가겠습니다.

신부 이제는 부부 동반으로 만나요!

우리의 첫 만남부터 결혼에 이르기까지의 이야기를 하객들과 나누었다. 그리고 의미 있는 자리에 함께해 주어 감사하다는 말을 전하며, 앞으로 잘 살아갈 것을 약속했다. 평소 결혼식에 가면 신랑과 신부의 뒷모습만 보다가 마지막 행진 순서가 되어서야 활짝 웃는 얼굴을 보는 것이 아쉬웠는데, 남편과 함께 하객을 바라보며 편지를 낭송하는 그 순간이 소중했다. 나와 남편의 인연이 닿을 수 있도록 소개해 주신 숙모께서는 우리만의 특색이 묻어나는 씩씩한 결혼식이라 참 좋았다고 하셨다. 또 많은 하객이 "부부 동반으로 만나요!"라는 표현이 기억에 남는다고 하셨다. 자식과 부모 세대가 부부 동반으로 만날 수 있다는 것이 맞는 표현인 것 같으면서도 참신하게 느껴졌다고 말이다.

우리를 애정 어린 눈으로 바라봐 준 이들과의 눈 맞춤, 빛나는 그 순간에 진 감사의 빚을 부부 동반으로 차근히 갚아 갈 것이다.

두 사람의 결혼식에 꼭 참석해 주길 바라는 사람들은 누구인가요? 왜 그런가요?

결혼식 단상에 서서 하객들을 바라볼 때의 풍경을 상상해 보세요. 어떤 모습인가요?

결혼식에 자리해 준 하객들께 어떤 방법으로 감사의 마음을 표현하고 싶나요?

기분이 어때

"넌 기분이 어때?"

"음, 이제 시험 준비는 되었고, 얼른 시험 보고 싶어!"

"그래도 시험처럼 마지막까지 긴장을 늦출 수 없는 건 아니네. 한 문제로 인생이 바뀌는 건 아니니깐."

결혼을 앞두고 기분이 어떤지 묻는 엄마에게, 시험 칠 준비가 되었다고 하니 이렇게 말하셨다. 정말 그렇다. 당일 결과가 인생의 전환점이 될 수 있는 시험과 달리, 결혼은 이미 하기로 마음먹은 지점이 분기점이다. 인생에 이런 큰일이 처음이라 시험에 빗대게 될 뿐, 사실 결혼식은 축제의 자리다.

"할아버지가 너무 느리게 걸으셨어."

"네 사촌 언니 화동이 얼마나 예뻤는지 몰라."

내 긴장감을 풀어 주려는지 엄마는 눈부시게 예뻤을 엄마 아빠의 결혼식에 대한 기억을 한 조각 꺼냈다. 결혼식을 마치고 이제는 나도 나만의 결혼식 조각들이 생겼다.

1

결혼식을 앞둔 일주일은 내내 뒤척이다 잠들었다. 당일 눈을 떠 보니 새벽 네 시쯤이었다. 더 잘지 고민하다 일어나서 중요한 날 찾아 듣는 명상을 켰다. 냉장고에서 사과를 꺼내 자르고 땅콩 잼을 한 스푼 펐다. 든든함을 더하고 싶어 바나나도 까 두었다. 커피 물을 올렸다. 필터에 달팽이 원을 그리며 물을 천천히 부었다. 필터 아래로 내려가는 물을 바라보며 멍하니 명상에 귀를 기울였다.

"나는 아름답고 즐거운 세상을 누리러 온 여행자입니다. 이날을 행복한 하루로 선택하세요!"

2

평소 등산갈 때 일찍 일어난 느낌과 비슷했다. 샤워하며 이런 생각이 들었다.

'처음 가 보는 산을 오르는 날이라고 생각하자. 어떤 풍경을 보게 될지 예상할 수 없지만, 어떻든 그 산만의 고유한 아름다움이 있을 것이다. 그것을 누리자.'

커피, 명상, 샤워로 몸을 깨우고 정신도 차렸다. 흥얼거림이 스멀스멀 올라왔다.

3

"누나는 눈물 날 것 같지 않아?"

"응?"

"난 눈물이 날 수도 있을 것 같은데……."

"야, 메이크업이 얼만데! 우는 건 식 다 끝나고. 그때 감정 정리하면 돼."

동생이 메이크업 숍까지 차로 바래다주었다. 평소 무뚝뚝했던 남동생이었기에 눈물이 날 것 같다는 말이 살짝 당황스러웠다. 얘가 왜 이런담. 동생에게서 예상치 못했던 표현이라 코끝이 찡했다. 그러나 눈물 꼭지가 한 번 열리면 다시 닫기 힘들다. 오늘은 어금니 꽉 물고 있기로 마음먹었다. 괜스레 메이크업 가격 이야기를 했다.

4

결혼식에 하객으로 참석할 때는 몰랐는데 손님을 맞이하는 입장이 되어 보니 한 명 한 명이 정말 반가웠다. 바빠서 약속 맞추기 어려운 친구들도 한자리에 모였다.

"야, 너무 예뻐. 어디 보자. 메이크업 찰떡이야."
"지금 팔자 주름 괜찮아?"

"유나야, 나 기억나니?"
"아주머니! 당연히 기억하죠. 어쩜 그대로세요!"

"선생님!"
"어머, 어머, 어머!"

이렇게 정신없이 신나 본 적이 있었던가. 친구들도, 결혼식에서 오랜만에 뵙는 분들도, 이제 성인이 된 나의 첫 제자들도 두더지 게임처럼 순식간에 인사를 나누고 사라지니 "어머!"라는 말만 바쁘게 튀어나왔다. 반갑고 아쉽고, 다시 또 반갑고 아쉽고. 그렇게 정신없이 지나갔다.

5

남편이 고른 입장곡 쇼팽의 「영웅 폴로네이즈」가 들린다. 그는 잘 입장했을까?

"아빠, 입장할 때 세월아 네월아 천천히 걸어야 해. 그래야 사진이 예쁘게 잘 찍혀."

뒤이어 아빠 손을 잡고 커다란 문 뒤에서 신부 입장 순간을 기다렸다. 동생에게 그랬듯 배에 '흡!' 힘을 주고 아빠에게도 더 씩씩하게 보이려고 했다. 결혼식을 눈물로 적시지 않겠다는 K-장녀의 책임감 같은 것이랄까. 만약 내가 눈물 꼭지를 꽉 잠그는 데 능통했다면 입장 전 아빠에게 이렇게 이야기했을 것이다.

"아빠, 지금 마음이 어때? 바로 옆에서 함께해 주어 고마워. 아빠랑 같이 입장해서 든든해. 이따 울면 안 돼. 우리 멋지게 입장해 보자."

내가 백 번 고민해서 고른 입장곡 선우정아의 「상상」 멜로디가 들렸다. 가사의 '하나, 둘, 셋!' 부분에서 문이 열리기로 되어 있었다. 아빠는 오른쪽 하객분께, 나는 왼쪽 하객분께 인사를 드리며 쭉 걸어가면 된다.

♬ "하나, 둘, 셋! 이 작은 불빛이 너에게 와닿길 바래."

6

버진 로드 입장은 조명이 강해서 꿈같이 느껴졌다. 긴장한 탓인지 걸음이 빨라졌다. 다행히 천천히 걸어야 한다고 신신당부를 해 둔 덕에 아빠가 속도를 조절해 주셨다. 남편과 아빠가 포옹하며 인사를 나누던 순간 아빠 눈시울이 왠지 촉촉한 듯했다. 그런데 결혼 후 남편은 내가 바닥에 어지른 물건들을 주우며 그날을 이렇게 회상한다.

"장인어른이 그때 그렇게 활짝 가슴으로 포옹해 주신 이유가 뭐였을까……."

7

"그대는 조유나 양을 하나님께서 맺어 주신 아내로 맞이하여 한 평생 사랑하고 존중하며 진실한 믿음과 애정으로 동행하고 기쁠 때나 슬플 때 건강하거나 병들 때, 부유하거나 빈곤할 때도 변치 않는 부부의 신의를 지켜 남편 된 자로서 도리를 다할 것을 하나님과 이 자리에 함께한 여러 증인 앞에서 엄숙히 서약합니까?"

"넵!"

아버님의 물음에 남편이 대답을 아주 우렁차게 했다. 뭐지. 난 어떡해야 하지? 아버님께 들릴 정도로만 해야 하나, 하객분들도 들을 수 있게 해야 하나?

"…… 아내 된 자로서 도리를 다할 것을 하나님과 이 자리에 함께한 여러 증인 앞에서 엄숙히 서약합니까?"

"누에엡!"

남편과 함께 균형을 맞추고자 하는 무의식적 센스였는지 기합 넣듯 대답이 나왔다. 연습할 때 없던 것이라 민망했다. 뒤에서 하객들이 웃는 소리가 들렸다. 나중에

들어 보니 남편도 그저 삑사리가 안 나게 하려고 했는데 목소리가 너무 크게 나와 놀랐다고 한다. 둘 다 씩씩했으니 됐다.

8

처음에 아빠한테 부담 드리는 것 같아서 덕담 부탁드리는 것을 망설였다. 편하신 대로 하시라고 말씀드렸는데, 역시 아빠는 괜히 교장 선생님이 아니다. 프로다.

"남을 배려할 줄 아는 따뜻한 마음씨 우리 유나"

아잇, 아빠. 이렇게 나를 칭찬하면 부끄럽지.

"-를 예쁘게 잘 키워 준 저의 아내에게도 한없이 고마운 마음을 전합니다."

응?

9

부모님께 인사드리는 식순은 다른 사람의 결혼식에서 항상 뭉클했던 순간이다. 나도 분명 울 것 같았다. 그런데 막상 그 순간이 되어 아빠 엄마 얼굴을 보니 마냥 좋았다. 훤칠하게 양복을 차려입은 아빠, 우아하고 고운 한복이 참 잘 어울리는 엄마의 모습에 저절로 미소가 지어졌다. 두 분도 우리를 보고 활짝 웃어 주셨다. 그때는 그렇게 마냥 웃음이 났는데, 지금 돌아보면 눈물이 핑 돌며 가슴이 벅차오른다. 내 인생 필름의 한 부분을 차지할 것 같은 순간이다. 그렇게 부모님 품 안에 힘껏 안긴 적이 언제였더라.

10

아버님, 어머님께 인사드릴 때 두 분은 각각 이렇게 말씀해 주셨다.

"유나야, 끝났다!"

"사랑한다, 유나야!"

어떤 말이 더 필요할까. 짧고도 임팩트 있는 시부모님의 말씀에 설렘과 기대감이 마음에 가득 찼다.

"결혼식이 끝난 기분은 어때?"

결혼 전 나의 대답이 "시험 칠 준비는 되었어."였으니 결혼 후 답은 "시험 잘 끝났어!"가 되어야 할 것 같다. 그러나 어느 한 문장으로 답할 수 없다. 결혼식 날의 기억들이 마음 곳곳에서 자글자글 반짝이고 있다. 언제, 어떤 조각을 꺼내든 가만히 바라만 봐도 찬란하고 뭉클할 기억이다.

결혼식 날을 생각하면 마음이 어떤가요?

결혼식 당일 아침, 눈을 뜬 뒤 가장 먼저 떠오르는 생각은 무엇일까요?

결혼식을 마친 저녁, 침대에 누워 결혼식을 다시 떠올릴 때 가장 기억에 남을 장면은 무엇일까요?

Q&A

남들과 다른 결혼식을 꿈꿉니다. 어떤 결혼식이 있을까요?

모두 결혼식에 대한 로망을 하나쯤은 가지고 있지요. 저도 마음껏 꿈꿔 본 결혼식이 있습니다. 한옥 갤러리에서 진행되는 예식입니다. 준비된 차와 다과를 즐기며 신랑, 신부, 가족, 친구들이 이야기꽃을 피우는 장면을 그려 보곤 했습니다. 친목과 예가 자연스럽게 어우러지는 자리, 하얀 웨딩드레스 대신 우아한 상아색 투피스를 마음속으로 찜해 두기도 했습니다.

그런데 결혼 준비를 시작하고 보니 제가 꿈꾸던 예식은 심플했지만, 그 준비 과정은 결코 심플하지 않더군요. 장소만 놓고 보더라도 한옥 갤러리는 일반 예식장이 아니라서 식사, 자리 배치, 식의 진행 등 하나하나를 직접 준비해야 했습니다. 그 비용만 따져봐도 일반 예식장보다 몇 배는 더 들었습니다.

"공간 대여, 꽃 장식, 테이블과 의자 세팅, 이게 다 시간과 돈이네."

"인원이 제한된 공간이라 누구를 초대할지도 고민될 것 같아. 우리도 그렇고 부모님께서도 편히 초대하고 싶은 분들이 있을 텐데."

"갤러리에서 하든, 예식장에서 하든 중요한 건 이후 우리가 잘 사는 건데."

결혼식에 대해 남편과 많은 이야기를 나누었습니다. 고민 끝에 우리는 'K- 결혼식' 공식을 적용하기로 했습니다. K-팝, K-뷰티, K-의료처럼 한국의 결혼 문화 역시 한국인들 사이에 향유되는 특징적인 문화가 있습니다. 보통 신랑이나 신부가 사는 지역의 거점 예식장 또는 교통이 편한 곳의 예식장에서 식이 진행됩니다. 예식 한 시간 전부터 하객 맞이를 시작하고 성혼 선언, 혼인 서약, 덕담이나 축사, 축가, 사진 촬영 등으로 식순이 구성됩니다. 신랑과 신부는 피로연장을 돌며 감사 인사를 전하고 결혼식을 마무리합니다. 누군가는 일률적인 결혼식 문화를 비판하기도 하지만, 평균적인 한국의 결혼식을 두고 보면 많은 인원을 넉넉하게 수용할 수 있는 예식장, 준비된 식사, 경험을 바탕으로 한 깔끔한 진행 등 효율적이고 편리한 점도 있습니다. 수월하게 준비하고 손님도 편히 모실 수 있는 잔치 같은 K-결혼식에 마음이 기울었습니다.

K-결혼식 공식을 따르면서도 그 안에서 할 수 있는 우리만의 변주에 신경을 썼습니다. 아버님께서 성혼 선포와 축사를 해 주시고, 아빠가 덕담을 전해 주시는 모습을 생각해 보았습니다. 나와 남편이 자라온 두 가정이 함께 어우러져 예를 갖추고 축하하는 자리가 되길 바랐기 때문입니다. 감사하게도 양가 아버님 모두 흔쾌히 결혼식의 한 부분을

맡아 주셨습니다. 성혼 선포 시 아버님께서 남편의 증조할아버지가 사용하시던 성경책을 가지고 와 주셨습니다. 오랜 세월이 묻어나는 성경에 손을 올리고 혼인 서약을 하는 경건한 순간이었지요.

결혼식 역시 입학식과 졸업식처럼 식순이 있는 행사입니다. 어떻게 식순을 구성하느냐에 따라 그 식의 의미와 특징을 살릴 수도, 중요하지 않은 것에 에너지를 낭비할 수도 있습니다. 아쉬운 마음이 들지 않도록 모든 것을 다 하겠다는 것이 아니라, 두 사람에게 꼭 필요한 것을 정성스럽게 하겠다는 마음이 중요합니다. 두 사람이 충분히 이야기를 나누어 과함도, 부족함도 없이 온전히 만족스러운 여운이 남는 날이 되길 바랍니다.

결혼 준비 과정에서 어떻게 건강 관리를 잘할 수 있을지 그 방법이 궁금합니다.

결혼식이 마무리되면 마치 신데렐라의 마차가 호박으로 변하듯, 급격히 현실로 돌아오는 느낌이 들기도 합니다. 하지만 신데렐라에게 유리 구두가 남았듯이, 결혼 준비 과정에서도 반짝이고 가치 있는 무언가가 남는다면 참 좋을 것입니다. 그것이 '건강'이라면 어떨까요?

설렘과 기대, 약간의 부담이 뒤섞인 결혼 준비 과정은 몸과 마음이 쉽게 지칠 수 있는 시기입니다. 이 시기를 건강하게 완주하고 두 사람의 새로운 출발을 온전히 즐기기 위해서 건강 관리가 무엇보다 중요하지요. 이왕이면 웨딩드레스를 예쁘게 입기 위한 무리한 체중 감량보다는 좋은 체력을 기른다는 마음으로 신혼의 건강한 기반을 다지는 것이 도움이 될 겁니다. 이번 기회에 결혼을 동기 부여 삼아 건강한 습관을 위한 모멘텀을 만들어 보세요.

거창한 것이 아니어도 괜찮습니다. 운동할 시간이 없다면 출근길이나 퇴근길에 지하철 한두 정거장 정도를 걸어 보는 것으로 시작할 수 있습니다. 저는 평소 틈틈이 몸을 움직이려고 했고, 여유가 있는 날에는 수영이나 필라테스를 통해 체력을 길렀습니다. 이렇게 몸을 움직이는 습관을 결혼 준비 체크리스트에 함께 넣어 두면 결혼 준비 과정의 스트레스를 운동으로 자연스럽게 해소할 수 있는 이점이 있습니다. 운동뿐 아니라 결혼을 준비하면서는 특히 매 끼니 균형 잡힌 식사를 챙기려고 노력했습니다. 저는 겨울에 예식을 올렸기에 감기에 걸린 신부가 될 수 없다는 의지로 쌍화차, 대추차, 생강차, 유자차 등 따뜻한 차도 열심히 마셨습니다.

하나 더 덧붙여, 결혼을 준비하며 다른 것에는 큰 욕심이 없었지만 꼭 챙기고 싶은 것이 있었는데 바로 '마사지'였습니다. 결혼 준비를 명분으로 받는 어깨와 얼굴 마사지가 정말 좋더라고요. 직장 근처에서 오랫동안 마사지 숍을 운영해 온 전문가에게 받았는데, 마사지를 받으며 소소한 수다를 나누는 그 시간이 제게는 큰 힐링이었습니다. 결혼 준비를 하며 급하게 다이어트를 하기도 하지만, 저는 시간 여유를 두고 운동과 마사지를 병행하는 것이 훨씬 좋다고 생각합니다. 제가 직접 받아보고 좋아서, 결혼을 준비하며 남편과 엄마한테도 몇 번 마사지 선물을 하기도 했습니다.

건강을 챙기기 위해 PT나 마사지를 받는 경우는 많습니다. 한편 마음의 건강을 살피는 일에는 상대적으로 소홀해지기 쉽습니다. 결혼 준비 과정은 두 사람만의 일이 아니라 양가 부모님과 가족 간의 조율도 필요한 시기이기에 알게 모르게 스트레스가 쌓이기 마련입니다. 그래서 자신만의 감정 해소법을 반드시 마련해 두어야 합니다. 저는 매일 일기를 써서 감정을 정리하는 것이 마음을 다스리는 중요한 방법이었습니다. 결혼을 100일 앞둔 날부터 하루도 빠짐없이 일기를 썼습니다.

글쓰기 외에도 독서나 팟캐스트 듣기처럼 결혼 준비와 무관한 활동을 하는 것이 마음을 편안하고 여유롭게 해 주었습니다.

'해야지, 해야지' 하고 미뤄왔던 것들을 결혼을 동력 삼아 실천하며, 건강해지는 과정을 즐겨 보세요. 몸과 마음을 돌보는 일은 단지 결혼식을 위한 준비로 그치지 않고 앞으로 펼쳐질 신혼 여정을 더욱 단단하게 만들어 줄 겁니다. 자기 자신과 상대방에게 주는 최고의 결혼 선물로 건강한 몸과 마음보다 더 좋은 것은 없답니다.

신혼여행은 어떻게 준비하면 좋을까요? 두 사람에게 좋은 추억이 될 수 있는 여행을 준비하고 싶어요.

부부로서 떠나는 첫 여행은 그 자체로 특별합니다. 한 번뿐인 타이틀을 지닌 여행이라 더욱 값지게 느껴지기도 하지요. 저와 남편도 '어디로 신혼여행을 갈까?' 고민을 많이 했습니다. 신혼여행 목적지를 정하면서 보니, '어디로'뿐 아니라 '어떤' 여행이 되기를 원하는지를 같이 고민하면 선택지를 좁히고 계획을 세우는 데 훨씬 도움이 됩니다.

꼭 따뜻한 바다나 휴양지가 아니어도 괜찮습니다. '신혼여행'이라는 틀에 얽매이지 않고 두 사람이 진짜 하고 싶은 여행을 떠올려 보세요. 발리, 하와이, 몰디브, 푸켓, 칸쿤 등 흔히 신혼여행지로 많이 찾는 장소들이 있지만, 정해진 답은 없습니다. '걷기'를 테마로 한 여행이라면 스페인의 산티아고 순례길이나 제주 둘레길처럼 도보 여행에 적합한 장소를 선택할 수 있습니다. 먹는 것을 좋아한다면 이탈리아, 프랑스, 태국, 스페인 등 독특한 미식 문화를 경험할 수 있는 곳도 좋습니다. 혹은 인기 있는 여행지를 고른 뒤, 그 안에서 우리만의 여행 포인트를 추가해 보는 것도 좋은 방법입니다. 책을 좋아한다면 서점 탐방을 계획하거나, 전통 음식 쿠킹 클래스와 같이 색다른 활동으로 추억을 쌓을 수도 있습니다.

저와 남편은 1월에 예식을 올렸기에 결혼의 배경이 될 '겨울 풍경'과 가장 잘 어울리는 장소를 찾았습니다. 깨끗한 눈이 가득한 곳, 준비와 이동에 에너지를 많이 쓰지 않을 곳을 선택하고 싶었습니다. 또 먹는 것을 좋아하는 저와 남편이 즐길 먹거리가 많은 곳이면 더욱 좋겠다고 생각했어요. 그래서 선택한 일본 삿포로는 저희의 신혼여행 장소로 딱이었습니다. 삿포로의 드넓고 깨끗한 설경을 보니 마치 우리가 부부로서 그려 나갈 넓고 흰 도화지 같다는 생각이 들었습니다.

결혼식 당일에는 충분히 휴식을 취하고, 다음 날 배낭 하나씩을 챙겨 가벼운 발걸음으로 떠났기에 준비에 대한 부담도 없었습니다. 또 편의점 간식부터 식당 음식까지 다양한 먹거리는 결혼 준비로 한동안 군것질을 멀리하던 저희에게 큰 즐거움이었습니다. 어떻게 보면 우리의 신혼여행은 조금 청개구리 같은 선택이었습니다. 보통은 따뜻한 휴양지나 한 번뿐인 신혼여행이기에 되도록 먼 장소를 택하곤 하니까요. 그러나 우리가 바라던 포근한 겨울 풍경에 마음이 따뜻해졌고, 언젠가 기념일을 맞아 가까운 삿포로를 다시 찾을 수 있겠다는 생각이 집으로 돌아오는 아쉬움을 달래 주었습니다.

어디든, 두 사람의 신혼여행은 무조건 즐거울 거라는 설렘으로 준비하세요. 두 사람만을 위한 온전한 선물이니까요. 두 사람의 색이 어우러지는 D.I.Y(Do it yourself) 신혼여행 이야기를 기대합니다.

결혼만큼 본질적으로
자기 자신의 행복이 걸려 있는 것은 없다.
결혼 생활은 참다운 뜻에서
연애의 시작이다.

_ 괴테

4장

그다음 날이 밝았습니다

신혼의 데자뷔

나의 결혼식 날, 이미 많이 늦었는데 헤어스타일이 완성되지 않았다. 최소한 30분은 더 걸린단다. 어떡하지? 하객들이 기다리고 있을 텐데…….

발을 동동 구르다가 현실로 멍하니 돌아왔다. 꿈이다. 결혼식이 이미 끝났다는 사실에 안도한다. 수능이 끝나고도 종종 시험을 다시 보는 꿈을 꿨듯이, 긴장감 속 숨어 있던 걱정 시나리오들이 하나둘 꿈에서 나타났다. 끝날 때까지 끝난 것이 아니라더니, 끝나도 끝난 것이 아닌 모양이다.

신혼의 삶으로는 조금씩 스며들었다. 대학생 때 교환학생으로 일 년, 고시 공부를 하며 다시 또 일 년을 부모님과 떨어져 산 뒤로 첫 독립이다. 이제는 쭉 독립해서 살아갈 새로운 여정이다. 과연 잘할 수 있을까? 그런데 신기하게도, 처음 경험해 보는 신혼이건만 어떤 장면은 이미 겪은 듯 익숙함이 겹치기도 한다.

데자뷔 1

"아이고, 이제 금방 결혼한다고 하겠네!"

학창 시절, 엄마는 매일 아침에 등교 준비를 도와주셨다. 스타킹을 돌돌 말아 주시면 내가 발을 쏙 넣었고, 정전기가 일어나지 말라고 그 위로 로션을 쓱쓱 덧발라 마무리해 주셨다. 난 덩치만 고등학생인 아이였다. 언젠가 교복을 입고 등하교하는 나를 보며 새삼 다 컸다는 생각이 드셨던 것일까? 엄마는 내가 곧 결혼하겠다고 말씀하셨다. 그때는 그 말이 와닿지 않았다. 아직 남자친구를 사귀어 본 적도 없었으니까. 아마 엄마는 어느새 고등학생이 된 나를 보며 시간이 바람처럼 지나감을 느끼셨을 것이다. 그때 엄마 말처럼 "엄마, 남자친구가 인사 드리러 올까 하는데."를 시작으로 정말 눈 깜짝할 사이에 결혼을 했다. 시간이 빠르게 지나감을 이제는 나도 실감하고 있다.

데자뷔 2

"바로 먹을 수 있게 상에 수저 놔 줘!"

신혼집에서 역할 분담을 새로 하다 보면 마치 엄마가 된 듯하다. 내가 요리하고 남편에게 상차림을 부탁할 때나 집안일 하면서 심심할 때 라디오를 듣는 순간이 그렇다. 엄마의 자리에 녹아들며 신혼에 적응해 가는 걸까.

어릴 때 소풍날이면 엄마는 유부초밥을 가득 싸 주셨다. 내 도시락과 담임 선생님용 도시락이 한가득 들어 있는 무거운 가방을 들고 갈 때면 김밥 한 줄만 가볍게 챙겨 오는 친구들이 부럽기도 했다. 한 번은 초등학교 수련회를 갔는데, 유부초밥을 다 먹지 못하고 남겼다. 엄마가 싸 주신 거라 차마 버리지는 못하고 2박 3일 동안 가방에 넣어 다니다가 오는 날이 되어서야 아파트

음식물 쓰레기통에 버렸다. 찜찜하고 죄송하면서도 한 편으로는 '엄마는 왜 이렇게 많이 싸 주는 거야' 하는 투정 어린 마음이 들기도 했다. 지금 생각해 보면 엄마한테 조금만 싸달라고 말하며 융통성을 발휘할 수도 있었을 텐데.

신혼 초, 사과잼에 도전했다. 부지런히 잼을 만들어 빵에 바르며 문득 그때 생각이 났다. 완성된 사과잼 베이글을 남편 간식용으로 챙기다가, 다른 이들과 같이 나누어 먹으면 좋을 것 같아 좀 더 담다 보니 어느새 한 보따리가 되었다. 한두 개만 챙겨 주기는 아쉬운 이 마음, 엄마의 유부초밥 도시락에서 본 듯하다. 다행히 남편은 많은 양도 거뜬히 잘 먹는다.

데자뷔 3

결혼 후 맞이하는 첫 명절, 시댁 식구들과 시간을 보냈다. 집으로 돌아갈 때 과일과 음식들을 소분해서 담았다. 어린 시절 할머니 댁에 가면 친척과 이것저것 나누던 풍경이 겹쳤다. 그때는 어른들이 “어휴, 우리는 사과 괜찮아. 너희 더 가져가.”라며 양보하시는 것을 옆에서 구경했다. 내가 “아빠, 약과, 약과.”라고 살짝 귀띔하면 아빠가 찡긋하시곤 했다. 이미 잘 챙겨 두었다는 뜻이다. 엄마, 아빠를 따라 차 뒷좌석에서 꾸벅꾸벅 졸며 따라다니던 게 엊그제 같은데 이제는 외가와 친가가 아닌 나를 기준으로 친정집과 시댁을 찾는다. 부모님이 해 온 대로 나도 해 나가면 된다는 익숙함과 어릴 적 추억에 대한 향수, 그리고 앞으로의 기대감이 뒤섞였다.

결혼 후 독립의 과정은 처음 걸어 보는 길인데 이렇게 때때로 내 어린 시절 또는 부모님의 어떤 모습과 연결된다. 난 이런 데자뷔가 반갑다. 모르는 것투성이일 것만 같은 결혼, 출산, 육아, 양육, 부부 관계에서 그 시절의 부모님을 길잡이로서 만날 수 있음이 안도감을 준다.

그래도 더 보고 싶은 것은 지금의 엄마, 아빠이다. 신혼 초 한동안은 친정집에서 신혼집으로 출발할 때 아쉬워서 눈물이 찔끔 났다.

"유나는 뜨거운 효녀야."

옆에서 남편이 말했다. 불효자는 웁니다, 뭐 그런 말을 돌려 하고 싶은 건가? 피식 웃음이 났다. 지나간 세월에서 익숙한 발자취를 더듬되 남편과 함께 지금의 매 순간에 감사하며 살아야겠다.

현재의 생활과 신혼 생활을 비교할 때 비슷한 점은 무엇일까요?

반면 새롭게 달라질 것은 무엇일까요? 신혼 생활에 있어서 걱정되는 것이 있나요?

신혼의 어떤 순간에 부모님이 떠오를 것 같나요?

이건 비밀인데 말이야

어릴 때 친한 친구들과 우정의 이름으로 나누었던 소중한 것들이 있다. 우정 반지, 우정 열쇠고리 그런 것들이다. 우리 우정을 단단한 무엇인가로 보여 주어야 안심되었나 보다. 그중에서 나는 우정 공책에 열과 성을 다했다. 공책 하나를 마련해 두고 서로 하고 싶은 말을 남기는 것이 얼마나 재미있던지. 지금은 SNS 등으로 친구들과 손쉽게 일상을 공유하지만, 한 글자 한 글자 공책에 나누고 싶은 말을 적는 그때의 즐거움에는 미치지 못한다. 친구가 어떤 글을 남겼을까 기대하며 공책을 펼칠

때의 설렘이 그립기도 하다. 우리의 이야기가 쌓여 가는 그 공책이 보물이요, 서랍이 곧 금고였는데.

"이렇게 하니 꼭 우리 공동 일기장 같지 않니?"

추억 속 우정 일기가 오랜만에 머릿속을 스쳤다. 아버님께서 시부모님, 나와 남편이 있는 카톡 방이 꼭 공동 일기장 같다고 하셨을 때였다. 그러고 보니 카톡 방에 하고 싶은 이야기를 남기면 다른 누군가가 반응을 하는 것이 우정 일기와 비슷했다. 남편과 신혼여행에서 삿포로의 겨울 풍경을 보낸 것을 시작으로 쭉 우리만의 이야기가 기록되고 있었다. 아버님 말씀이 꼭 '이건 비밀인데 말이야.'로 시작하는 친구들끼리의 속삭임처럼 즐겁게 다가왔다.

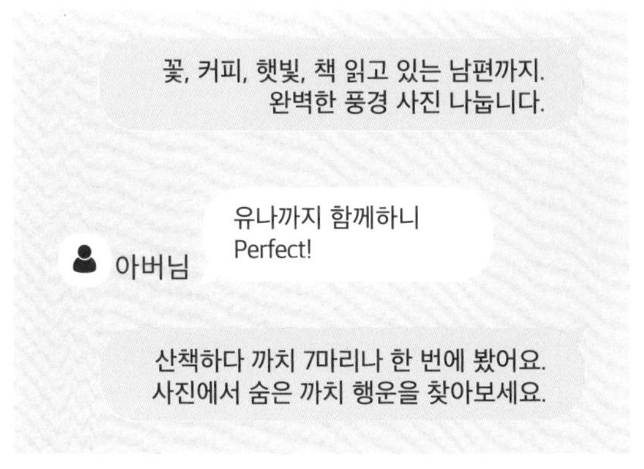

7마리 다 찾았다!
보고 싶고 사랑해.

어머님

저도 사랑합니다!

한 글자 한 글자가 소중하고 궁금했던 우정 일기 분위기가 카톡 방에 아련하게 덧대어진다.

'응답하라 2025' 버전 메시지 방에 우정 일기를 남기는데도 각자 특징이 있다. 나와 남편은 일상의 사진이나 영상을 주로 남긴다. 지나가다 본 예쁜 풍경, 맛있게 차린 집밥, 우리 둘의 셀카 같은 것이다. 그러면 곧 어머님께서 그것이 작품이라고 이야기하며 감탄하신다. 감사와 감동을 삶에서 항상 찾으시는 어머님의 시선 덕분이다. 어머님의 메시지를 보며 "사랑해!"라는 말이 "밥 잘 먹었어?"와 같이 일상적인 표현일 수 있음을 배운다. 우리는 항상 더 많이 표현하지 못한 것을 후회한다고 했다. 용기 내어 나도 "사랑합니다!"라고 답한다.

아버님께서는 특히 마음에 드는 사진을 확대해서 혹

백 필터를 입히신다. 사진을 보내드리면, 우리 둘 얼굴만 확대한 뒤 흑백으로 색을 보정해 다시 보내는 식이다. 길게 메시지를 적는 법이 없으시다. 짧고 굵게, 은유와 비유를 넣어 시적으로 표현하신다.

"그러네요. 정말 공동 일기장 같아요. 쭉 올려 보면 사진도 정말 많아요."

"이런 소소한 일상 이야기가 진짜 보석이지. 얼굴을 직접 보지 못해도 소식을 주고받는 것이 얼마나 좋은 일이니?"

아버님은 우리 네 사람이 함께하는 이 시간이 200년의 삶이 모인 것이라며, 어떤 방식으로든 서로 이야기를 나눌 수 있다는 것이 얼마나 귀한 일인지 말씀해 주셨다. 아버님과 어머님의 지혜와 따뜻한 시선이, 나와 남편의 새로운 에너지와 만나 서로에게 스며든다. 나의 소소한 일상에 달콤한 설탕이 한 겹 덧대어지는 기분이다. 일상의 알맹이가 더욱 진해지고 영롱해진다.

결혼하며 맞는 큰 변화 중 하나는 새로운 가족을 만나는 것이다. 결혼 전에는 시댁과의 관계를 어떻게 해야 할지 고민이 많았다. 연락은 얼마나 자주 드려야 하는지, 방문은 어느 정도 간격이 적당한지가 궁금했다. 사실 시댁을 대하는 방법이라는 것이 딱히 정해진 건 아니었는데, 마치 정답이 있을 것처럼 답을 찾으려 했던 것 같다. 사람은 모두 다르고, 그 사이의 관계 양상 또한 다양하다. 결국 중요한 건 각자의 방식으로 마음을 나누고 소통하는 일 아닐까. 아버님, 어머님과는 그 과정이 카톡 버전 우정 일기 덕분에 한결 수월해졌다.

Welcome! 유나 Joy

결혼 전 아버님, 어머님께 처음 인사드리러 간 날, 집에 큼지막한 문구가 붙어 있었다. 나의 성 '조' 씨에서 Joy를 발견해 환영 문구를 만든 것이다. 아버님이 화단에서 무언가를 찾아 함께 건네주셨다. 네잎클로버였다. 그날 나는 Joy가 되고, 행운을 선물받았다. 어릴 적 친구들과 우정 일기를 나누던 것처럼 지금의 순간을 남편의

부모님과 기쁘게 공유하고 그분들을 가족이라 부를 수 있음이 행운이다. 우리의 카톡 일기장에 나만의 Joy를 색칠해 가고 싶다. 그러면 아마 이런 메시지가 덧붙여지지 않을까?

어머님: 어머, 이게 웬 예술 작품이야! 사랑스러워라.

아버님: Joy, 손끝에서 피어난 색의 향연이구나. (그리고 마음에 드는 부분을 확대해서 흑백 필터를 씌우신다.)

남편: (요란한 이모티콘)

자꾸 펼쳐 보고 싶은 비밀스러운 일기장이다.

결혼하며 확장되는 가족 관계에 대해 기대하는 점은 무엇인가요?

반면, 걱정되거나 자신없는 점은 무엇인가요?

며느리 혹은 사위가 되려니 기분이 어떤가요? 새로운 가족에게 어떻게 다가가고 싶나요?

가출 기념일

"유럽으로 신혼여행 가면 힘들어서 싸우게 될까요?"

결혼을 준비하며 온라인 커뮤니티 게시글이 눈에 들어왔다. 결혼식을 마치고 행복하게 떠난 신혼여행이라면 힘들더라도 최대한 즐겁게 보내려 할 것 같은데. 의아하다고 생각하며 남 일로 여겼다. 그러나 비행기에서부터 싸울 일이 없었을 뿐, 알콩달콩할 것만 같은 신혼생활에도 냉랭한 순간이 찾아왔다.

하루는 글쓰기를 두고 나와 남편이 대립각을 세웠다. 남편이 글쓰기를 공언하고도 텅 빈 블로그가 계속되기에, 매일 조금씩이라도 쓰기를 권했다. 남편은 일도 바쁘고 쓸 말이 없어 생각보다 쉽지 않다고 했다. “써 봐”, “어려워”, “쓸 거야”, “언제?” 진전없는 대화가 오고 갔다.

“쓰기 어려운 이유를 말할 시간에 일단 써 보는 게 어때.”

“유나는 머리끈이나 먼저 잘 줍는 게 어때.”

애꿎은 머리끈으로 불똥이 튀다니. 하고 싶은 일을 시작하기보다 걱정부터 하는 것이 이해되지 않았다. 앞으로 내가 글쓰기에 대해 말할 일은 없을 거라고 말하곤 자리를 벗어났다. 어디 갈 곳은 없고 일단 화장실로 들어가서 의미 없는 세수를 했다. 그런데 남편이 말없이 집을 나가는 것이 아닌가? 치, 나는 못 나갈 줄 알고!

열을 내며 간 곳은 집 근처 도서관이었다. 표지에 평화로운 정원이 그려진 『살아있으니 살만합니다』(최종천 저, 끌리는책)라는 책을 펼쳤다.

> ‘그게 아니고’라고 하면 불편해지고, ‘그렇군요’라고 하면 편해집니다.

나한테 하는 말인가? 글쓰기가 어렵다는 남편 말에 '그렇구나'라고 하면 될 상황이었다. '그게 아니고'라고 내 생각을 계속 주장하니 불편해졌다.

이 세상에 있는 모든 것을 다 가질 수는 없습니다. 하나를 가지려면 그만큼 무엇인가 포기하는 것도 있어야 합니다.

그래, 다정한 남편한테 무엇을 더 바라나. 남편의 다른 면을 제치고, 글쓰기 유무로 감정을 소모할 것이 아니었다. 나부터 열심히 글을 쓰자는 결론을 내렸다. 쓱 집으로 돌아가니, 조금 뒤 남편이 들어왔다. 그도 머쓱했는지 차 청소하러 주차장에 다녀왔는데 내가 집에 없었다고 했다. 우리 둘 다 가출했던 기념일이라며 초콜릿을 사 왔다. 달콤한 것을 나눠 먹으며 서로 마음을 누그러뜨렸다. 초콜릿의 힘인지 남편은 글쓰기를 다시 시도해 보겠다고 말했다.

『연애 망치는 남자』(도널드 밀러 저, 옐로브릭)라는 책에서는 두 사람의 관계를 세 가지 베개에 비유한다. 하나는 나의 베개, 또 다른 하나는 상대의 베개, 마지막은 그 사이에 놓인 우리의 베개이다. 각자의 베개에서 자신의 삶을 영위하고, 가운데 베개에 어떤 것을 원하는지 이야기하는 것이 두 사람의 할 일이다. 그러고 보면 남편이 글을 쓰는 건 그의 베개 영역이고, 내가 간섭할 일은 아니다. 나의 역할은 내 베개와 가운데 베개가 편안할 수 있도록 만드는 것까지다.

신혼을 보내며 글쓰기뿐 아니라 각자의 영역으로 존중해 주길 바라는 부분과, 함께하길 바라는 부분에 대한 윤곽이 점차 또렷해지고 있다. 예를 들어 돈 관리에서 서로의 수입과 지출은 각자의 영역으로 두기로 했다. 각자 정한 금액을 공동 저축 통장에 넣고, 나머지는 신경 쓰지 않기로 합의한 것이다. 흔히 신혼부부가 빠르게 돈을 모으려면 월급을 한 통장으로 합치고 생활비와 용돈을 그곳에서 사용하라고들 한다. 하지만 우리는 공동 저축 외에는 각자 관리하는 방식을 택했다.

반면 양가 부모님을 찾아뵙고 시간을 보내는 일은 우리에게 공통의 영역이다. 내가 내 부모님을 챙기고, 남편이 그의 부모님을 챙기는 것이 아니라 나와 남편이 함께 양가 부모님을 챙기려 한다. 이는 "이렇게 하자." 하고 정한 것이 아니라 자연스럽게 합의된 부분이다. 이런 식으로 어떤 것은 대화를 통해, 또 어떤 것은 자연스럽게 '각자' 또는 '함께'의 영역으로 구분되고 있다.

두 사람이 꾸준히 대화를 나누며 무엇을 우리의 베개 위에 올리고, 또 내려놓아야 할지를 알아가야 할 것이다. 다만, 집을 나가는 것은 그 베개를 던져 버리는 일과 같으니 자제해야 한다.

친구나 어른, 책 등에서 얻은 갈등 상황에 대한 조언 중에서 우리에게 적용해 보고 싶은 것은 무엇인가요?

결혼한 뒤 공통의 영역으로 함께 하길 기대하는 부분은 어떤 것인가요?

반면, 각자의 영역으로 존중하고 싶은 부분은 무엇인가요?

어른 세대 배턴 터치

1990년 그는 고등학교에서 교편을 잡고 있었다. 때때로 그가 운동장에서 학생들과 축구를 하고 있으면 역대급 매치가 열린 듯 사람들이 몰려들었다. 역사 교과를 가르쳤지만 체육 교사인지, 축구부 학생인지 구분하기 어려웠다. 그즈음 그녀는 증권사에 다니고 있었다. 호기심 많은 그녀는 피아노도 치고, 수영도 배우고, 동호회 활동으로 전국에 있는 산에 올랐다. 접점이라고는 전혀 없는 그와 그녀가 공통 지인의 중매로 만났다. 그는 약속 장소에 혼자 왔지만, 그녀 뒤에는 언니, 형부, 조카, 사촌 오빠, 사촌 언니가 함께했다.

"뭐 그리 다 데려왔대. 나 같으면 도망갔어. 아빠 입장에서는 갱처럼 느껴졌겠다."

"네 아빠도 만만치 않았어. 색깔 있는 안경에 양복 위에 바바리를 걸치고. 키도 커서 사람이 아무리 많아도 다 눈 아래였을걸."

부모님 인연이 시작된 지점이 나의 삶까지 이어져 왔다는 것을 가만히 생각해 본다. 딱 한 세대만 더 거슬러 올라가 우리 할머니, 할아버지의 첫 만남도 상상해 본다. 신기함을 넘어 경이롭기까지 하다. 만약 부모님이 만나지 않고 각기 다른 삶을 살았으면 어땠을까. 아빠는 축구를 열심히 하다 축구 선수가 되고, 엄마는 얼굴이 예쁘니 여배우가 되는 평행 세계 속 이야기다. 결국 난 태어나지 못했을 것이다. 그럼에도 만약 아빠, 엄마가 더 나은 삶을 살았을 수 있다면 나는 내가 태어나는 것을 그 삶에 양보할 수 있을까? 그런 엉뚱한 상상을 해 본다.

"엄마는 다시 결혼 전으로 돌아가면 뭐 할 거야?"

"아빠를 만날 거야."

"그리고?"

"조유나를 낳을 거야."

"그리고?"

"조금 이따 네 동생을 낳을 거야. 그리고 행복하게 살 거야."

엄마가 똑같이, 그대로 아빠를 만나 나를 낳고 동생을 낳겠다고 말한다. 진짜? 안도의 마음을 넘는다. 나도 똑같이 엄마와 아빠의 딸로 태어났으면 좋겠어. 그래서 내 동생을 만나고 지금 결혼에 이른 삶을 살았으면 좋겠어. 그러니 다른 것이 하고 싶더라도 꼭 아빠를 만나 줘. 이게 나만의 욕심이 아니라서 다행이다. 엄마도 그렇게 말해 주어 고마워.

나도 지금 부모님의 나이가 되었을 때 다시 똑같은 삶을 살겠노라고 말할 수 있을까? 결혼 전, 아빠는 딱 한 가지를 당부하셨다. 너와 내가 아닌 '우리'로서 하나가 되는 것. 상대방을 자신에게 맞추려 하기보다는 다름도 이해하고, 서로 이기려 하기보다는 먼저 양보하고, 남과 비교하기보다는 내 남편과 내 아내가 최고라고 생각하면서 우리로서 행복하게 살기를 바라셨다. 그것이 후회 없는 결혼의 비결일까? 그렇다기엔 부모님 고래 싸움에 등 터진 새우로서의 날들이 떠오르는데…….

나와 남편이 머리를 맞대어 생각해 보면 비결은 '진심'이다. 조금 서투르더라도 부족하더라도 모양이 다르더라도 서로 같은 마음을 나누는 것임을 안다면 결국에는 다 포용되지 않을까. 부모님께서도 서로에 대한 진심, 자식에 대한 전심을 바탕으로 삶을 꾸려 왔기에 후회가 없는 것이지 않을까?

> Life can only be understood backwards; but it must be lived forwards. _Soren Kierkegaard (인생은 뒤돌아보아야만 이해할 수 있지만, 앞을 향하며 살아가야 한다. _쇠렌 키르케고르)

삶은 일단 살아 보고 나서야 반추되는 것이다. 나도

훗날 내 삶을 돌이켜보며 걸어온 이 길이 또 걷고 싶은 길이라고 회상하고 싶다. 알 수 없는 길이지만 부모님의 사랑이 우리에게 이어졌음에, 그리고 우리도 그 길을 걸을 수 있음에 감사하다. '만약 결혼하지 않았다면' 등의 갈림길을 과감히 지우고 내가 선택한 이 길을 온 마음 다해 걸어가야지. 마치 우리 부모님이 그러셨듯 말이다. 이제 우리의 길을 잘 만들어 가라고 그 배턴을 넘겨받았다.

상대방과 내가 자라 온 가정의 특징은 무엇인가요?

부모님의 결혼 생활을 보며 내 결혼 생활에 적용하고 싶은 것은 무엇인가요?

반면, 개선하고 발전시키고 싶은 점이 있다면 무엇인가요?

우리의 세계가 사계를 지날 때

오후 세 시 반, 경복궁 옆 현대미술관에서 그를 만나기로 돼 있었다. 몇 주 전 시간과 장소만 정하고, 더는 연락하지 않았었다. 혹시 잊은 건 아니겠지? 내가 먼저 메시지를 넣었다.

"안녕하세요? 곧 뵐게요!"

"유나님, 안녕하세요! 제가 미술관까지 왔는데 주차장이 만차라 조금 기다리고 있습니다. 올라가서 다시 연락드릴게요!"

휴, 다행히 깜빡한 것은 아니었다. 생각보다 일찍 도착해서 주변을 산책했다. 혹시 춥진 않을까 걱정하며 고른 원피스가 딱 알맞은 초봄이었다. "매표소 근처에 있습니다!"라는 그의 메시지를 보고 미술관으로 향했다.

'예술가이신가?'

매표소 앞에는 키가 크고 눈도 큼직한, 머리 긴 남자가 서 있었다. 미술관 어딘가에서 작품 활동을 하다가 잠시 매표소 앞으로 나온 사람 같았다.

"식당이 아니라 미술관에서 뵙자고 해서 신기했어요."

"아, 누군가를 소개받아 만나는 것이 처음이라서요. 제가 좋아하는 공간이면 마음이 조금 편할 것 같았어요. 괜찮으신가요?"

긴장해서일까, 미술관을 정말 좋아해서일까? 보통 같이 이야기를 나누며 작품 구경을 할 법도 한데, 그는 작품들 사이를 홀로 유유히 거닐며 관람했다. 편하게 둘러보라는 배려라고 짐작하고 작품을 구경하고 있으면, 쓱 다가와 엉뚱한 말을 건네곤 했다.

"유나 씨, 댁에서 오셨어요?"

"영어 스터디 들렀다 왔어요."

"Hi, How are you?"

"네?"

나의 이상형은 반장 같은 모범생, 그렇기에 조금은 예측할 수 있는 타입이었다. 하지만 짐작할 수 없는 첫인상 탓에 그가 나와 다른 세계에 속한 사람처럼 느껴졌다. 이럴 땐 즉시 직업 탐방 인터뷰로 전환하라는 친한 언니의 조언이 떠올랐다. 소개팅이 잘 안 될 것 같으면 상대방이 어떤 일을 하는지, 언제 보람을 느끼는지, 앞으로는 어떻게 일을 해 나가고 싶은지 등을 질문하고 경청하며 알찬 시간을 보내면 된다는 것이다. 그래야 소개해 준 분께도 누가 되지 않고 예의를 지키는 만남이 될 테니까.

미술관을 나와서는 삼청동, 정독도서관, 청와대 뒷길을 따라 서촌까지 발걸음이 닫는 대로 함께 걸었다. 걷다 보니 재미있는 일이 생겼다. 의도적으로 질문을 던지고 가만히 답을 듣다 보면 궁금한 점이 계속 생겼다. 잔잔히 주고받는 대화가 이어졌다. 그러면서도 첫인상의 그 느낌대로 종잡을 수 없는 것이 있었는데, 그가 계속 던지는 농담들이었다.

"저 청와대 앞길은 걷지 못하게 돼 있더라고요."

"한번 시원하게 뛰고, 경찰서 갈까요?"

예상치 못한 농담이 나올 때마다 저항 없이 빵빵 웃음이 터졌다. 그 웃음 때문일까? 왠지 모를 여운이 남는 첫 만남이었다.

그 뒤로 어떤 기자 정신을 발휘하려 애쓰지 않아도 연락이 이어졌다. 그는 분명 매력이 있었다. 차 안에서 음악이 나올 때 몸을 들썩이며 흥얼거리는 그를 보며 옆에서 박수라도 쳐야 하나 싶어 머쓱한 적도 있었지만, 그에게 그건 중요하지 않아 보였다. 나에게 음악은 일이나 운동에 몰입하기 위한 배경이었는데, 전국노래자랑 방청객 모드로 그저 음악을 즐기는 그가 신기했다. 그의 추천 덕분에 알게 된 좋은 노래들도 생겼다.

나의 이상형인 반장 같은 면모도 가지고 있었다. 당시

내가 제일 열심히 사는 사람이라고 생각했는데, 시간의 최대치를 써서 부지런히 살아가는 그의 모습이 대단해 보였다. 상대방을 편하게 배려하는 세심함도 돋보였다. 순수하게 웃기고, 순수하게 음악을 좋아하고, 순수하게 열심히 사는 그런 모습이 내 마음에 찬찬히 다가왔다.

한편으로 나에게는 조급한 마음이 있었다. 서른 초중반에 접어들었으니 결혼을 염두에 두고 사람을 만나야 한다는 생각 때문이었다. 그가 저녁 시간까지 일하는 것이 큰 차이로 느껴졌다. 생활 시간대가 다르다면 결혼까지의 삶을 그리기는 어렵지 않을까? 결혼을 해 보지는 않았지만, 저녁이 있는 삶에 대한 바람이 있었다. 고심 끝에 장문의 메시지를 적었다.

"다름 아니고, 저희 연락이 계속 이어지긴 어렵다는 생각이 들어 조심스레 말씀드려요. 인연으로 발전하기에 더 잘 맞는 분이 있을 것 같습니다. 그간 연락하며 반가웠습니다. 다가오는 일들 잘 해내시길 마음으로……."

구구절절 적었지만 확신이 서지 않았다. 지금의 내 마음을 들여다보기보다, 앞으로 잘 맞지 않을 것을 짐작하는 것이 과연 맞는 걸까. 그는 나처럼 여러 가지를 고민하지 않았을 수 있다. 결혼도 아마 생각하지 않았을지 모른다. 연락을 곧잘 주고받다가 나의 메시지에 분명 당황했을 것이다. 아이러니하게도 그에게 보낼 메시지를 적으며, 관계에 결론을 내기보다 현재의 내 마음에 힘을 실어 주고픈 용기가 생겼다. 결혼을 염두에 두고 보면 생각해야 할 것이 끝이 없었다. 그러나 지금, 이곳에서 나에게 닿은 그라는 사람만큼은 확실하게 고려할 수 있었다.

내 마음에 두꺼운 동그라미를 그린 이후, 고민은 내려두고 온전히 그와 함께하는 시간을 만끽했다. 결혼을 전제로 한 만남이라면 사계절을 두고 보라고들 한다. 봄, 여름, 가을, 겨울 동안 서로가 인연이 될 수 있을지 천천히 살펴볼 수 있기 때문이다. 하지만 그와의 시간에서는 사계절을 의식할 필요가 없었다. 좋아하는 것에 몰입할 때 더 빠르게 흐르는 시간의 상대성 법칙은 두 사람 사이에 고스란히 적용되었다. 사계절은 순식간에 흘러 우리를 사계절 이상 함께할 인연으로 이어 주었다. 기자 정신을 발휘한 첫 만남, 결혼할 인연이 따로 있을 것으로 생각한 순간이 낄낄낄 웃고 있을 것만 같다. 나의 마음에 용기를 낸 순간은 아마 흐뭇한 미소로 지금을 바라보고 있겠지? 지난 사계를 토대로 지금 우리의 세계가 만들어졌듯, 앞으로의 사계를 지나며 그려질 우리의 세계가 기다려진다.

두 사람은 어떻게 만났나요? 서로의 첫인상은 어땠나요?

상대와 만남을 이어 가지 못할 것 같던 순간이 있었나요? 그 경험이 지금의 관계에 어떤 영향을 미쳤나요?

앞으로 두 사람이 함께 만들어 가고픈 관계는 어떤 모습인가요?

Q&A

결혼하며 확장되는 가족 관계에 대해 걱정이 앞섭니다. 어떻게 다가가는 것이 좋을까요?

결혼은 두 사람의 만남을 넘어 양가 가족으로 관계가 확장되는 과정입니다. 나와 남편이 천천히 서로를 알아가며 결혼에 이르렀다면, 결혼과 함께 빠르게 넓어지는 이 새로운 가족 관계에 어떻게 다가가야 할지 당연히 고민될 겁니다.

어색하게 느껴지는 것에는 여러 가지가 있을 수 있는데, 호칭 문화도 그중 하나입니다. 만약 남편에게 미혼인 남동생이 있다면 '도련님', 미혼인 여동생이 있다면 '아가씨'라고 불러야 하는 호칭이 낯설 텐데요. 이런 호칭이 오히려 보이지 않는 벽을 세우는 것 같기도 합니다.

다행히 요즘에는 친근하게 이름을 부르거나 '~씨'와 같이 평등한 호칭을 사용하는 경향이 늘고 있습니다. 사회적 변화에 따라 새로운 가치관을 바탕으로 가족 관계를 맺는 방식도 자연스럽게 달라지고 있는 것입니다. 비단 호칭뿐만이 아닙니다. 결혼 후 확장되는 가족 관계에 관한 각기 다른 입장을 지닌 책을 소개합니다.

『인생을 바꾸는 결혼 수업』(남인숙 저, 해냄출판사)에서는 시댁과 남편을 별개로 생각하고 나와 시댁 간 새로운 관계를 형성하는 데 집중하라고 합니다. 남편을 매개로 하는 게 아니라 내가 주도적으로 관계를 만드는 것이죠. 이때 중요한 것은 진심 어린 마음입니다. 어려움이 있더라도 가족으로서 포용하고, 한 번 더 이해하려고 애쓰는 거죠. 새로운 관계에 마음을 다하는 것이 오히려 머릿속 여러 계산과 고민으로부터 자유롭게 해 준다고 합니다.

『요즘 것들의 사생활 : 결혼 생활 탐구』(이혜민 저, 구백킬로미터)에서는 혹여나 갈등 상황이 생겼을 때 시댁과의 관계에서 주체는 남편이 되어야 한다고 합니다. 시댁과 나는 원래 남이었고, 그렇기에 해결해야 할 일이 있다면 30년 넘게 관계를 맺어 온 사람들의 몫이라는 것이죠. 반대로 나의 친정과 남편 사이에 갈등이 있다면 그것을 해결해야 할 사람은 남편이 아닌 내가 되는 것입니다.

『웰컴 투 더 신혼 정글』(하다하다 저, 섬타임즈)에서는 시댁과 좋은 관계를 유지하고 싶지만 마음대로 되지 않을 때 어떻게 할지를 이야기합니다. 생면부지 시부모님과 가까워지는 데는 시간이 조금 필요합니다. 그렇다고 해서 늘 데면데면할 수는 없기에 '페르소나(가면)' 작전을 활용할 수 있습니다. Fake it till you make it. 내가 되고 싶은 그 모습이 되기까지 마치 그 모습인 양 말하고 행동하다 보면 어느새 추구하는 모습에

도달한다고 합니다. 마음에서 우러나는 싹싹함으로 시댁을 대할 수 있을 때까지 그러한 가면을 쓰고 시간을 버는 것이지요.

모두 일리 있는 말입니다. 확장되는 관계를 대하는 데는 정답이 없는 듯합니다. 사실 '이렇게 해야지' 하고 마음을 먹더라도, 인간관계가 꼭 바라는 대로 흘러가지만은 않을 것입니다. 중요한 것은 지금 시점에서 관계의 모양을 단정 짓기보다 길게 바라보는 것 아닐까요? 저는 이렇게도, 저렇게도 해 보며 관계의 모양은 언제든 변할 수 있으니 이왕이면 가장 좋게 만들어지기를 바라며 다가가려 합니다. 꼭 전통적인 틀에 얽매이지 않고, 나만의 방식으로 따뜻하고 자연스러운 가족 관계를 차근히 만들어 가고 싶습니다.

결혼 후 배우자와 갈등이 있을 때마다 화가 납니다. 어떻게 잘 표현할 수 있을까요?

"설거지 좀 바로바로 해."

"알겠어. 비난 양파 하지 말아 줘."

"양파?"

웬 양파인가 했더니, 양파 실험 이야기입니다. 똑같은 조건에서 자라는 양파라도 비난을 들으면 시들시들해지고, 칭찬을 들으면 쑥쑥 자란다고 합니다. 남편이 "비난하지 마"라는 말 대신 "비난 양파 하지 마"라고 하니 양파의 매끈하고 귀여운 모습이 그려지며 웃음이 나오더군요. '그래, 칭찬이 최고의 동력이다'라는 생각도 들고요. '말 한마디로 천 냥 빚 갚는다', '가는 말이 고와야 오는 말이 곱다' 등 말과 관련된 속담이 무수한 것에는 다 이유가 있습니다. 어떻게 표현하느냐에 따라 두 사람 관계의 분위기도 한결 다르게 느껴집니다.

이것을 알고 있으면서도 때때로 저는 제 감정을 좋은 그릇에 담아내기가 어렵습니다. 화가 났다고 하지요. 감정이 앞서는 상황에서는 더욱 단도직입적으로 말하게 됩니다. 그런데 직설적인 표현은 오히려 역효과를 가져옵니다. 내가 말하고 싶었던 바에서 벗어나, "왜 그렇게 말해?"라며 다른 이야기를 하고 말거든요. 그러다 보면 결국 나와 상대방의 에너지만 소진되고 맙니다. '이렇게 말할걸' 혹은 '그렇게 말하지 말

걸' 하며 후회하더라도 말로써 불을 낸 현장을 수습하기란 어렵습니다.

내 마음을 잘 전달하려면 어떻게 해야 할까요? 우선 어떤 것을 전달할지 알아차려야 합니다. 감정에 이름표를 붙이는 것이 시작입니다. 예를 들면 화가 나는 감정을 자세히 들여다보면 불안감, 걱정, 질투, 슬픔 등 그만의 이름을 가지고 있습니다. "왜 너만 바쁜데. 시간 좀 내!"라고 상대에게 화부터 내기보다 '이것을 함께하고 싶은데 내 마음처럼 되지 않아 속상한가 보다'라고 먼저 나를 세심히 헤아릴 때 그 길로 마음이 잘 흘러갈 수 있습니다.

잘 표현하는 것은 다음 단계입니다. 혹자는 화를 내는 이유가 나약하게 보이고 싶지 않기 때문이라고 합니다. 상처받은 모습을 보이기 싫어 그보다 강한 감정인 화를 내는 것이지요. 그러나 연약해 보일지라도 차라리 상처받았다고 말하고, 슬퍼하라고 합니다. "당신이 나와 많은 시간을 함께 보내지 않는 것 같아서 슬퍼. 같이 시간을 더 보내고 싶어." 라고 이름표가 붙은 감정을 솔직하고 담담하게 전할 때 내 마음이 상대에게 원활하게 닿을 수 있습니다.

머리로는 아는데 실천이 어렵습니다. '화를 내는 것이 아니라 감정에 먼저 이름을 붙여 주자. 그것을 우아하게 전달하자.' 사실 이것은 저에게도 숙제입니다. 어쩌면 수련의 과정이 될지도 모르겠네요. 『엄마의 주례사』(김재용 저, 가디언)의 한 부분이 떠오릅니다.

> 성공한 여자의 인생은 어떤 남편을 만났느냐보다 남편을 어떻게 내 편으로 만들어 내가 원하는 삶을 사느냐에 달려 있는 거야. 미켈란젤로는 2년 만에 피에타를 완성했지만, 우리는 평생 해야 하는 작업이라는 게 다를 뿐이야. 멋진 인생 작품 하나 만들어 봐.

나도, 상대도 앞으로 더욱 근사한 작품이 되어 갈 원석입니다. 서투른 화 표현은 둔탁한 망치가 되어 서로를 상하게 합니다. 덩어리에 모양을 내고, 윤이 나도록 닦는 것은 소중한 상대에게 마음을 어떻게 잘 표현하는지에 달려 있습니다. 현명하고 지혜로운 표현이 우리를 섬세하고 아름답게 조각해 줄 것입니다.

에필로그

우리가 결혼 전에 물어야 할 것들

"너, 연애를 글로 배웠니?"

연애의 모습은 관계를 맺는 두 사람에 따라 제각각이다. 그런데 어딘가 글에서 읽은 대로 적용하려면 이렇게 한소리 들을지도 모른다. 그러나 한편으로, 연애하며 언제까지나 도전과 실패를 반복할 수는 없다. 어쩌면 글로 먼저 배우고 익히며 나만의 시뮬레이션을 돌려보는 것도 필요하지 않을까?

결혼도 마찬가지다. 결혼이라는 미지의 세계에 발을 디디며 '경험'을 통해 준비할 수 있는 것이 아닌 일단 '해 봐야' 한다는 것이 긴장감을 주었다. 하지만 마냥 '해 보면 되겠지 뭐' 하고 있을 수만은 없어, 결혼을 100일 앞두고 매일 결혼을 배우고 글로 쓰기로 결심했다. 연애를 글로라도 배워야겠다는 그 서툰 마음처럼, 결혼을 공부하려는 것이 조금 과한가 싶기도 했다. 그래도 원가족에서 건강하고 행복하게 독립하는 것, 더 멋진 세계로 나아가는 것을 목표로 책을 읽고 주변 어른들께 이야기를 들어 가며 내 나름의 방법으로 결혼을 준비할 수 있다는 것에 마음이 놓였다.

사실, 여느 공부와 다르지 않게 결혼 공부도 때때로 지루했다. 내가 무슨 부귀영화를 누리겠다고 매일 글을 쓰나 싶은 날도 있었다. 그럼에도 온전히 100일을 잘 채울 수 있었던 건 예상치 못한 응원과 격려 덕분이었다. 블로그 글에 많은 분이 댓글을 달아 준 것이다.

"스드메뿐 아니라 진짜 결혼 준비는 이런 거죠. 좋은 이야기 풀어 주셔서 감사해요."

"역시 기록이 힘이라는 걸 다시 한번 느낍니다. 결혼 준비 과정과 결혼식, 신혼여행과 신혼 이야기, 좋았던 느낌은 있는데 세세히 기억나지는 않거든요. 세월이 지나 결혼의 첫 시작 과정이 담긴 책을 읽는다면 뭉클해지지 않을까 싶어요."

"저도 결혼 준비 중인데 생각해 보면 좋을 주제들이네요. 덕분에 제가 추구하는 결혼 생활에 대해 생각해 보게 되었어요. 결혼을 앞두고 제가 했던 생각들을 글로 잘 풀어내 주셔서 감사해요."

"결혼 과정에서 느낀 감정, 생각, 공부한 것을 이렇게 정리하며 시작하는 신혼은 단단할 것 같아요. 저는 신혼을 지나고 있지만 덕분에 마인드 세팅하고 갑니다."

"저도 결혼 예정이라 검색하다 우연히 들어왔는데 글이 너무 좋아서 계속 읽고 있었어요. 저도 결혼 일기 꼭 써 보고 싶어졌답니다."

이런 댓글들은 결혼 전 안개 속에 서 있는 게 나만이 아님을 느끼게 해 주었다. 그리고 더 나아가 내 솔직한 글이 누군가의 마음과 통할 수 있음을 경험했다. 나를 위해 시작한 글쓰기였지만, 결혼을 준비하는 사람들이 공감하며 감정을 나눌 수 있는 글이 필요하다는 것도 알게 되었다. '결혼식' 준비에 유용한 정보는 이미 차고 넘친다. 어쩌면 사람들은 '결혼' 자체에 대한 고민을 나눌 수 있는 무언가에 목말라 있는지도 모른다고 생각했다. 그래서 계속 써야겠다고 다짐했다.

웨딩 플래너가 결혼식 준비를 돕는다면, 이 책은 마인드 웨딩 플래너가 되길 소망한다. 결혼을 준비하며 마음은 어떤지, 어떤 이야기를 하고 싶은지 사람들에게 묻고 싶다. 결혼식 이후 시작될 결혼이라는 삶에 대해 함께 고민하고 이야기 나누고 싶다. 이 책의 여백에 결혼을 앞둔 사람들이 자신의 이야기를 나란히 끄적이며 소통할 수 있다면 얼마나 좋을까? 인생의 새로운 챕터를 앞둔 시점에 생생하고 솔직한 마음들이 소중한 한 글자 한 글자로 이 책에 남길 바란다.

투박한 글이 한 권의 정돈된 책으로 완성되어 예비 신혼부부들에게 닿을 수 있도록 다리를 놓아 주신 김혜경

편집자님께 진심으로 감사드린다.

또한 『나의 결혼을 후회하지 않기로 했어』, 『다섯 가지 사랑의 언어』, 『결혼 생활, 기대 이상입니다』, 『나는 홈메이커입니다』, 『결혼해도 괜찮아』, 『평범한 결혼 생활』, 『김미경의 마흔 수업』, 『만일 내가 인생을 다시 산다면』, 『나이 듦 수업』, 『스님의 주례사』, 『결혼을 말하다』, 『하면 좋습니까?』, 『연애 망치는 남자』, 『인생을 바꾸는 결혼 수업』, 『요즘 것들의 사생활 : 결혼 생활 탐구』, 『웰컴 투 더 신혼 정글』, 『엄마의 주례사』 등을 통해 결혼과 삶의 이야기를 나누어 주신 작가님들께도 깊이 감사드린다. 이 책들이 없었다면 든든한 마음으로 결혼 실전에 뛰어들지 못했을 것이며, 설렘 속에서 결혼 1년 차를 잘 지나가기도 어려웠을 것이다.

위 분들처럼 결혼에 대해 깊이 이야기하기에는 아직 한참 부족하다. 다만 결혼 준비 과정을 갓 지나왔기에 그간 경험한 설렘과 긴장, 그 모든 순간을 생생히 나누고 싶다. 한편으로는 인생의 중요한 한 걸음을 내딛는 여정에서 예비부부가 갖게 될 두려움과 설렘을 이 책이 고요하게 보듬어 줄 수 있기를 소망한다.

세상에 없던,
꼭 필요한 결혼 준비

초판 1쇄 인쇄 2025년 3월 28일
초판 1쇄 발행 2025년 4월 7일

지은이 조유나
펴낸이 이범상
펴낸곳 (주)비전비엔피 · 애플북스

책임편집 김혜경
기획편집 차재호 김승희 한윤지 박성아 신은정
디자인 김혜림 이민선 인주영
마케팅 이성호 이병준 문세희 이유빈
전자책 김희정 안상희 김낙기
관리 이다정
인쇄 새한문화사

주소 우)04034 서울시 마포구 잔다리로7길 12 (서교동)
전화 02)338-2411 | **팩스** 02)338-2413
홈페이지 www.visionbp.co.kr
인스타그램 www.instagram.com/visionbnp
이메일 visioncorea@naver.com
원고투고 editor@visionbp.co.kr

등록번호 제313-2007-000012호

ISBN 979 -11-92641-70-6 (03810)

· 값은 뒤표지에 있습니다.
· 잘못된 책은 구입하신 서점에서 바꿔드립니다.